Wäller Weihnacht

Gedichte – Brauchtum - Geschichten
Die Weihnacht im Westerwald gestern und heute.
zusammengetragen von
Klaus Liebmann
Buchhandlung Liebmann, Altenkirchen

Jochen Monjau
AMK – Agenur für Marketing & Kommunikation
Fluterschen- Müschenbach

Wäller Weihnacht

GEDICHTE – BRAUCHTUM – GESCHICHTEN
Die Weihnacht im Westerwald gestern und heute.

zusammengetragen
von Klaus Liebmann
und Jochen Monjau

Wäller Weihnacht

Bibliographische Information
Die Deutsche Bibliothek verzeichnet diese Publikation in der
Deutschen Nationalbibliograhie; detaillierte bibliographische Daten
sind im Internet über http://dnb.ddb.de abrufbar

Der Erlös des Buches wird dem
Kinderhof Hasselbach e.V.
zweckgebunden überreicht.

© 2005
Zusammengetragen von
Klaus Liebmann und Jochen Monjau

Herstellung und Verlag
Books on Demand GmbH, Norderstedt
Titelgestaltung
Carsten Liersch – Bauwerk Kommunikationsdesign
http://www.bauwerk-design.de
Titelbild Ebrahim Berdjas
http://www.atelier-berdjas.de
Printed in Germany
Dieses Buch wurde im On-Demand-Verfahren hergestellt

Verkaufspreis 10.-€

ISBN 3-8334-4033-3

Inhaltsverzeichnis

Geschichten

Altenkirchen im Schnee

R. Herrmann
Aquarell nach einer Fotografie von Karl Käppele;
Abdruck mit freundlicher Genehmigung von Margarete Käppele

Liebe Leserinnen und Leser,

Weihnachten ist ein ganz besonderes Fest – die Familie kommt vollzählig zusammen, sowohl Freud als auch Leid werden viel intensiver erlebt und bleiben stärker in Erinnerung als im übrigen Jahreslauf.

Fällt das Fest Christi Geburt in Notzeiten, versuchen die Menschen sich mit ihren geringen Mitteln die größtmöglichste Freude zu bereiten. Mit kleinen, aber gut getroffenen Aufmerksamkeiten bereitet man sich dabei zumeist viel größere Freude als in Zeiten des Überflusses mit teurem Schnickschnack.

In der Weihnachtszeit erwacht in den Menschen viel stärker das Gespür für den anderen, der Not leidet oder allein ist. Das christliche Gebot der Nächstenliebe erfährt im Dezember nach wie vor eine viel größere Beachtung als zu anderen Zeiten.
Zu Weihnachten werden auch viele Bräuche gepflegt, denen oft nur in einem einzigen Dorf oder in einer einzigen Familie nachgegangen wird.

All dies spiegelt sich im vorliegenden Buch wider. Unsere Autorinnen und Autoren knüpfen an Weihnachten so viele Erinnerungen, daß sie ein wahres Füllhorn von Geschichten, Berichten und Gedichten auf uns Herausgeber ausgeschüttet haben, von denen wir die schönsten ausgewählt haben.

Alle Beiträge in diesem Buch spielen im Westerwald oder sind dort entstanden, so daß ein echtes Buch über „Wäller Weihnacht" entstanden ist. Mag seine Lektüre dazu beitragen, daß Sie ein besonders freudiges Weihnachtsfest begehen, weil Sie sich an alte Bräuche und frühere Erlebnisse wieder erinnern oder weil Sie mit Ihrer Familie zusammensitzen und bei Kerzenschein ein paar Stücke aus diesem Buch gemeinsam lesen.

Es ist ein schöner Brauch zu Weihnachten den Bedürftigen etwas zukommen zu lassen. Daher geht der Erlös dieses Buches an den Kinderhof Hasselbach.
Alle Mitwirkenden arbeiteten ehrenamtlich – Ihnen gilt unser Dank.

Die Herausgeber

Gedichte

Gedanken zum Weihnachtsfest

Weihnachten, das Fest der Freude!
Doch - ist es das noch wirklich heute?
Wird uns das Fest nicht gar zur Plage?
Gib Antwort dir auf diese Frage!

Vor Weihnachten wir mühsam denken:
Was kann ich meinen Lieben schenken?
Durch Warenhäuser angereizt,
kaum jemand mit dem Pfennig geizt.

Vor Weihnachten wir jagen, hasten;
woll'n kochen, backen, nur ja nicht rasten.
Wir wischen, putzen - sauber soll's sein.
Abends eilen wir zur Feier vom Verein.

So ist die Wirklichkeit fürwahr,
und manchem Menschen ist nicht klar
des großen Festtags echter Sinn,
er gibt sich nur dem Trubel hin.

Der Hektik sollten wir entrinnen,
uns auf Gottes Sohn besinnen,
damit wir sagen auch noch heute:
Weihnachten, das Fest der Freude!

Ursula Schäfer

An den Nikolaus

Lieber guter Nikolaus,
du kommst nun in jedes Haus.
Bist auf jedem Weihnachtsmarkt,
den Schlitten kostenlos geparkt.

Du bist nun überall,
warum nie bei uns Tieren im Stall?
Statt Nuß und Mandelkern
mögen wir Äpfel, die Katzen Lamm sehr gern!

Wir sind doch immer lieb und brav,
ich ganz besonders im Schlaf.
Vielleicht wird es ja endlich wahr
und du kommst zu uns in diesem Jahr.

Und schenk auch bitte Frauchen was,
das wäre doch ein toller Spaß.
Doch willst du ihr was schenken,
so sollst Du daran denken:

Süßigkeiten machen dick und rund,
das ist bekanntlich nicht gesund.
Auch mein Freund Peter fände es nicht toll,
machst Du ihr den Strumpf mit Süßem voll.

Peter muß sich dann nämlich plagen,
all ihre Pfunde auf dem Rücken tragen.
Drum möcht ich Dich beschwören
bring ihr statt Marzipan doch lieber Möhren!

Margit Günster

Shetlandpony Leopold mit Kater Flipper
Bild Margit Günster

An den Nikolaus

Lieber guter Nikolaus,
bescher mir doch ne dicke Maus.
Meine Ponys mögen Mäuse nicht so sehr,
doch dafür Mohren um so mehr.
Drum möcht ich Dich schön bitten:
bring uns doch auf Deinem Schlitten
ne Maus und ein paar Mohren mit
denn darauf haben wir Appetit.
Margit Günster

Die Jeschicht von der Heilichen Näächt

(in Horhauser Mundart)
Ön der Zeiit, als Herodes Könich wor,
moch der enes Daachs senge Minister klor,
er wär emol jähr off dem neueste Stand,
bivill Leuit er hätt ön sengem janze Land.
Drömm sollten se ön all Dörfer on Städte jon,
do mößt sech dann jeder ön en Lest öndron.

Dem Josef von Nazareth wor et ja net reech,
trotzdem moch er sech möt senger Frau off de Weech.
Do er us der Davids-Familich stammt,
moßt er no Bethlehem off et Amt.
Weil die Maria baal möt em Könd nidderkohm,
er zo Erlichterong für die en Esel mötnohm.

Se hatten den Weech och noch jot jeschafft,
do wor dat Fräuche am End möt der Kraft.
Doch ön janz Bethlehem wor kän Zömmer ze fönne,
drömm dät der Josef den Esel ön em Stall anbönne.
Do stohn at en Oos, un su wor et jett warm,
on du kohm at dat Könd, metten öm Strüh on janz arm.

On der Näh hatten sech Schöfer an et Feuier geläächt,
do wur doch off einmol janz hell die Näächt.
Se sochen sech öm, konnten et net verstohn,
der Star üwer dem Daach, dät ewen noch net do stohn.
Beßweche wor et su hell öm Stall?
Barömm wor en Sönge üwerall?

Plötzlich woren se nimmi allän,
do stohn doch en Engel janz huh off de Stähn,
on och noch en Hüwel öm den erömm,
on der soht: „Sekt net bang! Es ös ja net su schlömm!
Ühr könnt üch freue! Ühr sekt net verlore!
Do hönne öm Stall ös der Heiland gebore!

Dann fengen die Engel all an ze sönge,
on wunderschün dät durch die Näächt et klönge:
All Ihr dem Herjott do owen ön der Hüh,
on die Menschen sollen sech vertrohn jett mieh!
Die Schöfer woren rutschdich verstuart,
ener frocht den anere: „Häßte dat och jehuart?"

Als der Stär do stohn bliew üwer dem Daach,
hann se sech dohin off de Wech jemaach.
Se woren zwar arm, awer net domm,
doch bat se heii soche, dat moch de janz stomm.
Beii dem Könd ön der Krepp wur et jedem klor,
dat dat jett janz Besonderes wor.

Se kneten sech hin, on se socben sech satt.
Die Maria wor noch jett möd on matt
Der Josef hat en Feuier jemaacht,
on dat Könd ön der Krepp hätt möt jedem jelaacht
Et wor esu feiierlich öm Stall,
se verjoße dobeii ihr Möhsal all.

Dann merkten se, heii wor noch Nut,
on se holten von sech, Melch, Obst on Brut.
Sicher hann se och Decke jebräächt,
dodrow hatt sech dann die Maria jeläächt.
Se drochen och noch jett Holz erahn,
domöt hehl der Josef dat Feuier dann ahn.

Die Engel songen dat Könd ön de Schlof,
on die Schöfer moßten eraus beii ihr Schof.
Doch jetzt woren se all siehr jot jelaunt,
se hatten dat Wunder der Näächt bestaunt.
On se jengen on verzuhlen et üwerall,
jieht emol lauuere dat Könd do öm Stall.

Jetzt kohmen die Leuit, rondöm us dem Land,
ener jow dem anere de Dür ön de Hand.
Dat wor en Könd von himmlischer Art,
do troff hatten se doch at ömmer jewaht.
On de Noricht dät net mie verstumme,
jetzt endlich wor der Messias jekumme.

Ob de Engel hebräisch oder ladeiinisch jesonge?
Ech denke, et ös ma heiimöt jelonge,
die Jeschicht ön oser Sproch ze soon,
on hoffen, ma kann et och su verstohn,
Bat dumols ön Bethlehem ös passiert,
domöt nöx an sengem Wert verliert.

Gisela Huhn

Chrestdaachsjedanken

Öt Johar ös wirra öröm su wejd
ma senn jetz ön de Chrestdaachszejd.
Die Wochen, dat ös alt lang mia kloar,
de schüensten senn vom gansen Johar.

Als Könd du wuar schweer üwaläächt,
wat hädd sech öd Chrestkönd dann usjedäächt.
Ma woar jo alt frööer möt öm besselchen zefrirren,
och wenn öt nur goo fön nöijestrichten Schlirren.

Mia han sugar, wenn och ongeeren, möm Kobb jeneggt,
wenn de Oma oos lange Strömp möt Schoofswoll jestreggt,
dömöt däät se oos wahrhafdech net sia beglöggen,
denn die Dönger konnten jo gans jewaldech jöggen.

Heemlech beim Pläzzcher backen, hätt öt ganse Hous goot jerochen,
och doch konn ma se seiden fönnen, sie wuuren ömma goot vastochen.
Mia hadden jo keenen verwenden Buch,
dumols jehüerden jo Nöss on Äppel alt zom Schluch.

Doch späära beij de ejenen Könna,
do wuar die Saach alt sia vill schlömma,
Combiuderspill on Ejsebahn,
aan su gatt däächden die jo draan.

Ön Rennrad on ön Poppenwaachen,
die könnden och düss Johr net schaaren,
ön Kamera die ma füa kann wejsen,
och wenn se schweer ön öt Geld dejd rejsen.

Su geht dat wejra Schlaach of Schlaach,
on su gätt nennt sech dann Chressdaach.
Dat hüed sech jo alt gans anaschda aan,
aan su Saachen do däächden mia frööer net draan.

Doch sall ma beij dem gansen Schenken,
jo dat „woröm" jeraad höid bedanken,
oos freuen on fröölech senn, datjehüed dozoo,
doch mia Alleren sollten och ömol kummen zor Roo.

Möt de Könna Spillen on spazieren goon,
och den vazellen, wat sech domols zo hädd jedroon.
Awa och öt Danken jo net vagääsen,
denn öt gitt och noch Löid, die net satt han ze aasen.

On su wünschen ech üch all von noo on wejd
ömma ön roheje Chresdaachszejd.

Walter Ochsenbrücher

Erinnerung aus Kindertagen

Aus längst vergang'nen Kinderzeiten,
schon lange, lange ist es her,
sie sind es, die mich heut begleiten,
die Zeit war arm und ach so schwer.

Als Kind hat man's nicht so empfunden,
schon garnicht in der Weihnachtszeit,
es gab so manche schöne Stunden,
wenn Hof und Wege zugeschneit.

Im frischen Schnee die ersten Spuren
sind mir bis heute noch vertraut,
dort wo wir Kinder Schlitten fuhren,
dort, wo der Schneemann wurd' gebaut.

Dort, wo wir Kinder fröhlich lachten,
wo man den Augenblick genoß,
ich denk an manche Schnellballschlachten,
auch wenn mal eine Träne floß.

Wenn auf winterliche Weise
tief erstarrte die Natur,
wo auf spiegelglattem Eise
man als Kind einst Schlitten fuhr.

Jedes Jahr herrscht strenger Winter,
uns're Seelshardt war voll Eis,
und so eilten wir als Kinder
zwischen Wied und Bahngeleis.

Schwebend übers Eis zu gleiten,
unvergess'ne schöne Zeit,
winterliche Märchenfreuden
voller Lust und Fröhlichkeit.

Abends als die Glocken klangen,
und die Kälte brach herein,
stieg ein wärmendes Verlangen
an das Elternhaus daheim.

Diese weihnachtliche Güte,
die den Eindruck mir erweckt,
als das Abendrot erglühte,
ob jetzt Christkind Plätzchen bäckt ?

Heimwärts ging es auf der Straße,
alle waren froh beglückt,
kalte Füße, Hände, Nase,
doch, was hat man da erblickt ?

Kehls Marias kleines Lädchen
war so weihnachtlich geschmückt,
drängelnd haben Jungs wie Mädchen
sich die Nasen platt gedrückt.

Holzspielzeuge, Dampfmaschine,
bunte Kreisel, die sich drehn,
Puppenküche, Wüfelspiele,
Teddybären war'n zu sehn.

Doch die Zeit war arm und ärmer,
wünschend mußte man entfliehn,
doch daheim, da war es wärmer,
nah am Ofen, am Kamin.

Hier war nun mein liebstes Plätzchen,
dicht an unsrem Küchenherd,
hier lag schnurrend unser Kätzchen,
wohl mein liebster Spielgefährt.

Schnell schlüpft ich in die Pantoffeln,
wärmend wie's mein Herz verspürt,
Mutter briet jetzt Bratkartoffeln,
Klatschkäs wurd' mit Milch verrührt.

Und es roch nach Bäckereien,
Äpfel schmorten, Kaffee dampft,
draußen fing es an zu schneien,
weiße Flöckchen fielen sanft.

Bald schon nach dem Abendessen
saß man um den Küchentisch,
diese Zeit bleibt unvergessen
mir war's oft so feierlich.

Welche wunderbaren Spiele,
Halma, Schach und Domino,
Schwarzer Peter, Dame, Mühle,
auch der Dackel schaute froh.

Vieles liegt in meinen Sinnen,
seh noch, wie die Mutter strickt,
seh sie noch am Spinnrad spinnen,
wie sie meine Hosen flickt.

Früher konnte man noch spüren
welche schöne Harmonie,
mit den Nachbarn musizieren,
manche schöne Melodie.

Damals wurd noch viel gelesen,
Weihnachtsmärchen angehört,
doch die Zeit, sie ist gewesen,
Fernseh'n hat soviel zerstört.

Doch die Jahre, sie verrinnen,
leider ist's Vergangenheit,
und was bleibt, ist ein Besinnen
von der guten alten Zeit.
Erwin Sohnius

De Ejsebahn

Öt Pitterchen woll su geeren füa Chrestdaach han,
zom spillen ön kleene Holzejsebahn.
Ha däät dem Chrestkönd dat och schrejwen,
och och domöt jewöss net üwatrejwen.

Doch paar Daach späära koom er zofellech möm Bab ön de Stadt,
ha bliff fuürem Schaufinsder stoon on woar gans pladd,
denn ön elekdrische Ejsebahn woar do ze sehn,
wie aanjewurzelt bliff ha stoon, de Kleen.

Sooch wie de Ejsebahn dorch kleene Tunnelcher fuher,
on koom dorch Berch on Dääler wirra reduer,
Bejm Louaren wueren im de Oochen nass,
dat woar gätt gans nöijes, dat mooch jewöss Spass.

Wie er Heem koom wuer eenes de Zell zerrössen,
denn öt Chrestkönd mossde doch suglich wössen,
dat er enzen ön elekdrische Ejsebahn woll hann,
och net uss Holz, do soll öt jo denken draan.

De Bab on Mäm meenden, ma könn sech do drepp net vastejfen,
ha mössde jo bedanken on och als Könd begrejfen,
at dat Chrestkönd doch jedem gätt ze brängen hädde,
ma könn do net alle Daach gät Nöijes bestellen öm de Wädde,

on su vill Geld däät öt Chrestkönd jewöss gar net besääsen,
denn Troom, den soll er mol rohech vagässen.
Paar Daach späära hollde de Bab de Chresdaachsgrepp öronna,
er woll dem Kleenen dobeij mol richdech vazellen, wat füer ön Wonna,

dumols passiejed öss ön der Heilijen Naacht.
Er haddejo alt alles goot zereechtjemaacht,
der gruese Stern mooch de Naachd daachhell,
su sooch de Essel on de Ossen, derjo soss woar ön wöösder Jesell,

ön gans roheche on glöckleche Famillech öm Stall.
Maria on Josef, dat Jesuskönd, awa dat woaren se noch net all,
do koomen de Hiejden vom Feld, alles wimmeide von Schoof,
de Engel songen möt Halleluja, dat Könd ön den Schloof.

Öt Pitterchen hüerte on sooch sech vawonnert alles aan,
awa aan seng Ejsebahn, do däächde er ömma noch draan.
Ob emol hadde ön Önfall, ha däät den och derekt ömsezzen,
denn ön der Zejd wo de Bab ön de Küch geng schwäzzen,

noom er sech öt Maria on den Josef ön de Hand,
on öss eenes drill ob seij Zömma jerannd.
Do hädde die zwo dann flodd vastochen,
böss er Owents mööd unna de Püll öss jekrochen.

Dann hädde die zwo öm Bedd newwa sechjestalld,
on aandächdech jefroocht on vazalld,
er wöll nuer wössen, hädd dat Chrestkönd tatsächlich su winnech Geld,
on gitt öt och werklech su vill Könna ob de Welt,

dann nömmen ech och ön Bähnchen, wo ma net vill ob kann laaren,
wenn se doch alt nuer möt Strom dejd fahren.
De Mäm hadde awa jussen hönna de Düer alles zojehüert,
se woor mie ergröffen, als wie vakiejed.

Denn der Kleen woar doch werklech ön leewa Schatz,
on su trooch se öt Maria on Josef wirra ön de Grepp ob ihren Platz,
dann dääten se sech beijenanna säzzen,
öm die Saach ön Roh nochömol ze beschwäzzen.

Am Heilijen Owent woar dem Peterchen net waal ön senger Hout,
er hädd jo der gansen Saach net mie jetraut,
on su däät er gans schlieh üwwaal öröm louaren,
on dat mötnömmen von dem Josef on der Maria doch sia bedoueren.

Ob emol hüerte er newwarem Sofa gert scheppern on pejfen,
du konn der Kleen öt Laachen net mie vaknejfen.
Ön Lokomotiv koomjefahren, do hong ön Zellchen draan,
do dropp stonn: „Dat geht nur öt Pitterchen aan.

Du häss ma jo den Bab ön de Mäm mötjenommen noh dier,
wat woar ech früh, wie die ön der kaalen Nacht wirra koomen noo mier.
Su gätt darfst de awa net nochömol maachen,
dat öss gans jewöss keen Saach zom Laachen.

On nu vill Spass, on nöm da dat Bähnchen goot ön naacht,
on net ömma möt schmagges hin on herjejaacht,
soss könn öt da passieren, dat öt su wejd kütt,
dann nömmt öt Chrestkönd se sugar eenes Daachs mirra mött.

Doch all wooren se sia früh, on han den schüenen Owent nie net vagääsen,
och wenn füer louda Spillen de Hond de ganse Plätzcher hädd frääsen.

Walter Ochsenbrücher

23

Der ungeschriebene Brief

In dem Dorfe auf dem Lande,
tief im schönen Westerwald,
wohnt die liebe, gute Tante,
sie ist achtzig Jahre alt.
Doch ich hörte, sie war kränklich,
zittrig, müde und auch schwach,
dieses stimmte mich bedenklich,
Schamgefühle wurden wach.

Und es war wie ein Besinnen
in der weihnachtlichen Zeit,
auch in meinem Herzen drinnen
macht sich Furcht und Wehmut breit,
und es waren Reuetränen,
daß ich lange nicht mehr schrieb,
sollte doch im Brief erwähnen,
daß ich sie von Herzen lieb.

Manches schien mir nebensächlich,
Hetze, Arbeit und Gewinn,
sie ist alt, sie ist gebrechlich,
Mitleid lag in meinem Sinn,
und mir war's, ich sollt ihr danken
für die schöne Jugendzeit,
und so führten die Gedanken
weit in die Vergangenheit.

In der Kindheit schönster Spuren
war mir Tante so vertraut,
als wir Kinder Schlitten fuhren,
wo der Schneemann wurd' gebaut,
hör sie noch am Fenster rufen:

´Junge, komm zu mir herauf!'
Mit der Schlittschuh' weißen Kufen
stapfte ich die Treppe rauf,
schon im Flur, da lag wie immer
süßer Hauch der Weihnachtszeit,
und ihr buntgeschmücktes Zimmer
strahlte voller Freundlichkeit.
Aus den altvergilbten Seiten
las sie mir vom Christkind vor;
winterliche Märchenfreuden,
wie gespannt lauscht da mein Ohr.

Ja, bei ihr war's urgemütlich,
diese Zeit vergeß ich nie,
voller Wärme und so friedlich,
noch ein Stückchen Nostalgie.
In Gedanken, im Verweilen
hole ich das Briefpapier,
um ihr grüßend mitzuteilen,
was ich heut´für sie verspür.

Setz mich hin, fang an zu schreiben:
Liebe Tante, habe Dank,
uns're Freundschaft, die soll bleiben,
hörte heute, du seist krank,
wünsch, daß du ganz schnell genesen,
glaub, der Herr im Himmel wacht,
hoffe doch, du kannst es lesen -
und die Uhr schlug Mitternacht.

Morgen schreibe ich zu Ende,
löschte bald den Lichterschein,
schloß beim Falten meiner Hände
sie ins Nachtgebet mit ein.

Von des Tageslasten müde
warm mit Daunen zugedeckt,
schlief ich sanft in Gottes Güte
bis daß mich der Morgen weckt.

Wohlbehütet gegen sieben
steh ich auf, noch etwas matt,
seh den Brief, nur halb geschrieben,
an der Tür das Morgenblatt.

In der Frühstückvorbereitung,
will den Toast noch einmal drehn,
da erblick ich in der Zeitung,
welch ein Schreck, ich muß gestehn,
meine Stimmung wie verwandelt,
und ein schwarzes Kreuz verrät,
eingerahmt und dick umrandet -
oh, mein Gott es ist zu spät,
es ist zu spät, zu spät.

Erwin Sohnius

Winterbild

Die Fuchskaute wird höher nun
im dicken Winterschnee.
Wacholderbäume krümmen sich
am Kirschbaum, auf der Höh´.

Die Fichten tragen schwere Last
und senken ihre Arme.
Doch hoffen sie, daß ihrer bald
der Frühling sich erbarme.

Die Häuser ducken sich im Schnee.
Ein Hund bellt in der Ferne.
In dieser Zeit ein Dämmerstündchen,
ja, das hab´ ich so gerne.

Friedel Schweitzer

Chresdaachszett - wie sö fröher woor

Wenn mer heutzödaach öm Sepdember dorch de Jeschäfde gait,
sitt mer ön den Regalen at gruuß on brait
de Schokeladen-Nikeläus on den Levkoochen stoon,
jo, dann meinen ech jeraad, su könn öt net goon.

Döt Chresdaachsjeschörr jehüürt ön de Chresdaachszett,
dat broch mer doch öm halwen Summer noch net.
Do lowwen ech mir de Zett fö 40 - 50 Johr,
wie döt Konsumieren noch net su üblich woor.

Du wooren dö Könner on die Gruußen noch ierer beschairen.
Die winnijen Sorden Chresdaachs-Sößichkairen
wooren ön den Jeschäfden zö hann gään Enn vom Nowember,
on döt ierschde dovon krichden de Könner am 6. Dezember.

Zom Nikelausdaach. Ach wat woor och ech als Könd dumols fruh.
Bej oos woor dat, wie ech noch klein woor, ömmer su:
Am Vürowend vom 6. Dezember koom de Kloos selwer no oos,
er hadde ön wejren Wech on koom ömmer zö Fooß.

Er kloppde ierscht an döt Finster on dann an de Dür,
on stoon gleschdropp ön ooser Köch, jeraad vür mir.
Er sohde dat Jedicht: Von drauß vom Walde komm ich her ....
Ech merkde, bej mir geng dann döt Oremen ganz schwer.

Ech hadde vürm Nikelaus noch richdisch Strang
öm net zö soon, mir woor zemlich bang.
Öt woor jo och onheimlich, der wossde von mir su vill,
er meinde ömmer, wenn ech owens önnet Bett söll, wär ech net trill.

Och soss hadde der mir meisdens noch gät zö soon.
Dann hann ech ön Lied jesongen on ön Jedicht vürjedroon.
Wenn er donoh sengen Sack offbonn on dodrön kroosde,
woor ech ganz jespannt on meng Herzjen dat roosde.

Zom Vürscheng koomen dann Äppel, Nöss on Schokelad,
off dö Plätzjer on Appelsinen hadd ech at jewaad.
Dann geng er wirrer. Ierscht wie ech gät grüßer woor,
koom mir mol ön den Sönn:
Komisch! Wenn dö Kloos kütt, öss menger Babba ömmer net öjönn.

Bös Chresdaach geng öt dann sier jeheimnisvoll zo,
aimool woor he ön Schanksdür zo on einmol do.
Zo geer hädd ech meng Naas dann ön den Schank jestochen
öm zö sehn, wat do waal woor verstochen.

Möt menger Mama book ech Plätzjer, die schmooken fein,
döt Chreskendchen schaffde dat jo net allein.
Allerdengs - woor am Himmel döt Owendruut zö sehn,
heeß öt: Döt Chreskendchen bäckt Plätzjer, do kann mer öt sehn.

Bescherung woor bej oos am 1. Chresdaachs-Morjen,
ön de Heilijen Naacht dät döt Chreskendchen ön de Stuff alles
besorjen, den Baum schün zöreechtmaachen, Jeschenke hinlään,
dann off aimool hürde mer morjens den Dürschlössel sech drän.

Dann klengelde öm Housflur ön Glöckchen ganz sacht.
Insen wuur von mir dö Stuwwendür langsam offjemaacht.
Dö Famillisch woor öm mech öröm möt "alle Mann",
doch ech hadde nur Auen fö den Chresbaum dann.

Wie er su doostohn, ön all senger -zwa einfachen- Pracht,
döt Chreskendchen hadde dö Kerzen uss Wachs aanjemaacht.
Öt woor kein elektrische Leechterkett öm den Baum jeschlongen,
on dö Chresdaachslieder wuuren von oos selwer jesongen.

Ierscht dann konn ech sehn, wat fö Jeschenke do wooren,
dat woor net su üppich ön den fröheren Johren.
Meng Popp krich ön neu Kleid, ech woor öm Glöck,
fö die von mengen Babba jezömmerde Poppenstuff goov öt ön neu
Möwelstöck.

Gät zom Aandoon hadde döt Chreskendchen fö mech jenäht,
on usserdemm hatt öt gät von Hand Jestreckdes dohin jeläht.
Ön Deller möt Äppel, Nöss on gät Söößem stoon om Desch,
su ön Deller hadde jerer von oos, net nur ech.

Su ön Bescherung mooch mech sier glöcklich ön de Könnerzett,
mer kannde jo den Üwwerfluss dumols noch net.
Ech vermessde kein Lego, Playmobil on wat öt heut alles get.
Off jeren Fall awer hadde ech ön "Mensch ärjer dech net".

Heut stawelt sech döt Spilljeschörr noh Chresdaach ön den Könnerzömmern
on von Johr zo Johr wiird dat noch gät schlömmer.
Schün öss jo, dat dö Verhältnesse net su ärmlich senn bliwwen,
doch manchmool - su fönnen ech- wiird heut üwertriwwen.

Dröm öss öt wichdisch dat mir wössen on dö Könner belieren:
Chresdaachszett heißt net nur "Konsumieren".
Chresdaachszett heißt besönnen, erwaaden awer net laufen
on öm Sepdember öm Supermaat dö Nikeläus dofür kaufen.

Ursula Schäfer

Ein Kätzchen in der Kirche

Man ist gewohnt im Gotteshaus
gehn viele Leute ein und aus.
Doch wenn ein "Vierbeiner" das Portal benutzt
schaut manch einer doch recht verdutzt.

So ist's geschehn zur Weihnachtszeit,
für ein Konzert war alles bereit,
die Kirche war schon gut besetzt,
da kommt ein Kätzchen reingewetzt.

Läuft zum Altarraum ziemlich flott!
Sucht es vielleicht den lieben Gott?
So direkt kann es nichts finden
und es läuft zurück nach hinten.

Was hat das Kätzchen sich gedacht?
Will's sehen was der Pfarrer macht?
Will's hören lauten Orgelklang,
gar weihnachtlichen Chorgesang?

Könnt' sich hier 'ne Maus verstecken?
Gibt es sonst was zu entdecken?

Neugierig sind ja Katzen schon.
Ein "MIAU" hört man in schwachem Ton.
Das Tier scheint sich nicht wohl zu fühlen
zwischen all den vielen Stühlen.

Ein Konzert-Besucher greift ganz schnell,
packt das Kätzchen auf der Stell',
trägt's vor die Türe dann hinaus
und meint: So, Kätzchen, laufe jetzt nach Haus.

Doch weit gefehlt, so geht das nicht!
Das Kätzchen wendet sein Gesicht,
nimmt Anlauf und huscht gradeaus
wieder rein ins Gotteshaus.

Drinnen ist es wie vorher,
das Kätzchen läuft mal hin, mal her.
Dann - damit sich einer ihm erbarm,
der Pfarrer nimmt es auf den Arm.

Nun ruft jemand aus der Mitte,
kommt hervor mit festem Schritte:
"Ich weiß, wem's Kätzchen ist entwischt,
meine Schwester sucht's und findet's nicht".

Das war nun ein klares Wort.
Ein "Taxi" fand sich auch sofort.
Das Tierchen wurde mit Bedacht,
als Sonderfahrt nach Haus gebracht.

So verlief das "Vorprogramm".
Bei den Besuchern kam es sehr gut an.
Das Konzert danach ein Ohrenschmaus.
Fazit: Unterhaltsame Stunden im Gotteshaus.

Ursula Schäfer

Dat Leffkochenherz

Öt Fritzchen woar schüen sonnechs aanjedoon
on durf möm Opa ob den Chresskinnchesmaad goon.
De Opa noom sengen Enkel an de Hand,
on su gegen se langsam von Stand zo Stand.

Der Kleen woll su geeren ön Leffkochenherz han
möt su öm langen Bennel owwen draan.
Hä honget öm den Hals on geng ösu strack on stolz,
als wwer der kleen Kerl us Eechenholz.

Su bömmelten se wejra, de Zejd varonn,
se wooren unnaweechs jewöss alt paar Stonn,
du bliff der Kleen ob emol stoon
on däät sachde gähn sengen Opa soon:

„Ich muß mal sehr nötig, aber nur klein,
wie machen wir da nur, mein Opalein?"
Doch der meende: „Dat ös doch jewöss keen Problem,
da ma jo heh su wjd fort senn von de Heem,

trömm stell dech do ön die Eck, wo öt net ösu schneijd,
on ech passen goot ob, dat dech jo keener sejd."
Do stonn der Kleen, on der Reisvachluss klemmde,
dat Leffkochenherz in sia beim öroonalouaren hemmde.

De Föngercher ejskalt jefrorren, dat woar jo keen Spass,
on su geng der Strohl jo gätt scheef, dat Herz wuar batschnass.
Grejschend hätt er allem dem Opa jesoot,
doch der wossde och heh flodd wirra Root.

Ha geng zorögg on däät drill ön nöijes Herzchen koofen,
on schon hüerten die villen Trääncher wirrer ob ze loofen.
Doch dem Fritzchen seng Jedanken gegen rond,
ha konn ömma noch net laachen,
war sollen ma dann emol möt dem buggelejen füchten Herzchen
maachen?

Doch der Opa sööt grinsend: „Weesde wat Jong, dat maachen mia zwoo ösu,
dat nasse, dat gewwen ma der Oma, die dibbt doch suwiesu!"

Walter Ochsenbrücher

Brauchtum

Aalekerjer Chreßdaag vür üwwer draißig Johr

In den Weihnachtstagen des Jahres 1929 veröffentlichte die Alten-
kirchener Zeitung den nachfolgenden Beitrag. Er ist inzwischen zu
einem Zeitdokument geworden, denn aus ihm geht hervor, wie das
Weihnachtsfest um die Jahrhundertwende in Altenkirchen begangen
wurde.

Eine Weihnachtsplauderei in Ur-Altenkirchener Mundart
von Fritz Pullig, Frankfurt am Main.

Liev Aalekerjer Zaidung!
Fröher hadsde och en anner Gesichd wie heud. Ech meen, en da Zaid,
wie mer noch Kenner worn on en de Schul gegange senn - su vür ebbes
üwwer draißig Jöhrcher. Da worschd du noch et „Aalekerjer
Kraisbläddche" on wuhrdsd of eener Druckmaschin henne em kleene
Häusche an uhser Schul vom Magesüppche on noch enem annem us
Helmanze gesätzt on gedruckd. Heud beßde jo en gruhße Zeidung
wuhre - awwer dat aalle Kraisbläddche, dat da Här Dieckmann emmer
mit vill Liev noch selwer redichierde, waißde, dat hät mer, ehrlich
gesohd, gerad su gud gefalle, wenn et ooch nur zwaimol en der Woch
kom - on manchmal gar net, wail da aal Roddler – ha eß lang duhd on
sai Lompesammele eß met em usgestorwe -, baim Usdrohn von dem
Bläddche ofd baim Saynisch Jahn on bei Strackstiwwels de Kier net
kreie konnd. ...
Schbäder, wie ech us der Schul kom, da wor ech och emol ein Zaid lang
„Midawaider,, vom Här Dieckmann. On wenn ech dann so en Schün
Ardickelche geschriwwe hadde, zum Baischbill wie dä Lehrer Schdail
(den mer üwwrijens all gern hadden) dem Kochs Fritzche de Box
henne schbannde, on bai der Wixerei of eenmol de Box zu blitze on ze
knalle anfeng, wail dat Fritzsche do sai Pulwerbläddcher drenn hadde,
dann hät ganz Aalekerje gelaachd. On da Lehrer Schdail, dä ierscht vür
Schreck baal ömgefalle wor wie dat Schnellfeuer em Fritzche sainer
Box anfeng, da hät schließlich fast metgelaachd. Awwer keen Mensch
woßte von wem die schünen Artikelchen All körnen, on da Här
Dieckmann doht of alle Froge nur schmunzele on sohde nix. Heud
kann ech et rohig verrohde, dat ech et wor, denn ech sennjo waid vom
Schuß.

Doch ech woll dja aijendlich wat vom Chreßdaag verzelle, su wie hä fröher gefaierd wure es. Also: Wenn da Schillbocks Juhl on Schmidtches of der Vordergaß anfenge, Poppe, Poppekichelcher, Kaufläde, Blaisoldate, Säwel, Helme, Hussarekappe, Trommele, Schockelpärdcher on sun Schbillzeuch uszuschdelle, dann wosten mer: En drai Woche es Chreßdaag! Dann hamer jeden Daag an de Schaufinstere geschdanne, uhs Nase an der Schaif pladd gedröckt on de Schbillssächelcher bedraachd. On wenn dann de gruhße Leud en de Laade gegange senn - baim Schillbocks Juhl bimmelde dann emmer sun gruhß Laadeschäll - dann han mer Angsd gehadd, dat de Leud wat von da Schbillsächelcher, die mer uhs usgesuchd hadden, metnemme däten. On dann, wenn et net da Fall wor, dann han mer uhs gefreud on gerohde, wat de Leud wohl en de Pakede drenn hadden, met denen sie us dem Laade komen. Die kleene Schbillsächelcher fröher wor'n jo su armselig gegen die von heud, awwer se worm für uhs Kenner von domols noch dat Schünste on dat Herrlichste of der ganzen Weld. On sun paar Drompetcher on en paar Bleisoldate im Schillbocks Juhr saim kleene Schaufinsderche wor uhs en schünere Usschdellung als heud en Riesenweihnachts-Ausschdellung im Warenhaus eener Gruß-schdadt.

Vom Schillbocks Juhl on von Schmidtsches sen mer dann zum Hacks Lui, on zu Waisgerwersch, on ze Kochs, on zem Größsche, on han uhs de gebackene Poppe on de Hase angesiehn. On dann sen mer haim, han Breefcher an dat Chreßkindche geschriwwe, de Breefcher an et Finster geläht on dann „Schdille Nachd" gesonge. On dann han mehr uhs Modder geholfe, Blätzcher usstäche. Mai Modder rnachde die emmer schun em Daich su söß, dat mer de maiste Blätzcher gääße han, eh se en den Backofe kömen. De maisde ruhe Blätzcher häd da „Hüwwel" emmer bai uhs gääße. Aimol hadde hä su vill gääße, dat hä ganz deck offschwoll wien Lufdballon. Mer daachden alle Oogebleck: Jeplatzt ha! Awwer ha eß net geplatzt.

Domols geng dat noch all bai Petroleumslecht, da war dem Müller sai Gasanstalt noch net. Da woren nur sun paar Funsele en der Schdadt, die han de Stroß ongefähr su hell gemaacht wie een Firspöhnche den Lückens Saal. Et wor een Glück, dat bis owends neun - zehn Uhr en de Schaufinsder he on do en Funselche hing. Wenn et anfeng donkel zu wiere, dann lief en Mann - bai jedem Schrett ließ ha sech su halv en de Knee falle - nomens „Bänner" met er Laider durch de Stroße on doht met em Dochd de Stroßefünsele aanstääche. Dä Stocks Gruhßer stonn dann of da Dühr on rief: „Bänner – fahr doch met em Huchrad dorch de Stadt, dann bruchste nit mieh de Laider rob zu klettere." On da Hilds Kahl laachde, on dä Lauderbachs Föz laachde, on mir Laachden. Nur bä Bänner laachde net. Hä rief von da Laider ronner: „Kannsd mech jo ob Dainer Scholler dorch de Stadt hackele, dann bruch ech kee Laider on kee Huchrad on kann sogar de Glocke läude ohne Streckl!" Da han mer noch mieh gelaachd, on da Stocks Gruhßer och. Et wor bald noch de gemädliche aal Zaid. Dat su newwebai.

Wenn awwer ob emol de Schbillsächelcher, die mer han wollde, us dem Finster verschwonne wor'n, dann hät uhs Heerzche gekloppt on mehr sohden: „Die hat dat Chreßkendche für mech geholld." Mer sohden dat awwer doch net met em fesde Glowe, denn mer wore schon en paar mol angeschmeert wuhre.

Für de Schwestern hamer met Laubsäje Schdübicher, Dechelcher on Sosacher ausgesäächt on Pobbekiche gemahd, wail sie doch ooch wat Schünes han sollden on uhs Vadder net alles dem Chreßkendche für uhs achd Trawande kaufe konnd.

En der Schul han mer draistimmig geübb: „Fürchded Euch nichd"- für de Keerch am Hailije Owend. On an einem Daag kom owends uhs Vadder ganz höschches haim on ging zeierst en de Keller. Als hä erob kom, do hat hä of sain Mandel en Paar griene Dannenodele hänge. Von dem Daag an bruchden mer Kenner für uhs Modder keen Kolle mieh us dem Keller ze holle. Dat doht dann emmer uhs Vadder, wenn hä awends us dem Diensd kom. (Noh Chreßdaag mußden mer Kenner widder en de Keller.)

Zom Chliddefahre of der Hennergaß oder dem Kwengels Beerch hadde mer kee rechde Lost mieh on dä aal Biller konnd uhs net mie de Schlidde afnemme. Emmer soßen mer awends deheem on worn am bastele. Awwer mer mo'den fröh en et Bett. Nur uhs Modder es obgebliewwe. On wenn se en et Bett ging, dann war et schbäd. Mer worn emmer so lang wach. On wenn se sich hinläächde, dann howwe mer schun mol de Kopp ebbes huch on frogden lais: „Wat kreijen mer, Modder." Dann kicherde se nur haimlich on sohde ganz mild: „Schloofd doch - Ihr wird et schun siehn."

En paar Daag für Chreßdaag wor Chreßkendchens-Mahd. Do senn mer met Kärrcher, de mer uhs aifach us der Dreckgasse geholt han, no der Bahn eronner on han den Mahdleud ihre Sache rob of de Mahd geschleppd on owens widder ronner. Für die paar Grosche - zwanzich oder draißig Penning ham mer dann keen Schluch gekauft, sonnern Glocke on Engelshoor on suwat für den Chreßbaum. Ech hadde mol en Maak vadient. Da wor ech raich. Dat goof en Chreßbaumspetz on en paar Händsche für mai Modder.

Am Hailije Owend wuhr alles stell an der Schdadt. Da Hölzemanns Zickel henner uhserm Haus schloß de Weerkschdadt zu on dä aal Schdellmacher Jahmann, da baim Awaide emmer met ganz lange Tön en Liedche peff - für de ierschte Stroof von de „Lätzde Roose" bruchde hä baal zwai Stonn, su lang peff hä de ainzelne Tön - verschdummde. De Glocke fenge an zu läude on de Leud schdiwwelden dorch den Schnie noh der Keerch. Een der Keerch waren zwai gruhse Danneböm met Keerze newwe dem Aldar. On de Posaunekohr wor dan. On de gemischte Kohr on uhs Schulkohr. Dat wor de schünste Keerchfaier em ganze Johr on de Keerch war gerappeld voll. On wenn dann de Pfarrer Hecknroth vor den Aldar zweche de Danneböm ging on met waißem Gesicht on met für Errechung zitternde Händ de Biwel ofschlug, dan hielde mer all de Odem an On wenn hä dann vürlese doht: „Und der Engel Gotte sprach zu Ihnen" - dann broch hä ob on dä Lährer Adami nohm den Dackdstock en de Hand, on dä Lehrer Schdail goof ob der Orjel de Tön an on mer songe dat, wat dä Engel sohte: „Fürchtet Euch nicht, denn Euch ist heut der Heiland geboren." On dann knisterden de Keerze ob den blank gebotzte Kronleuchter, den dä aal Henning emmer en Ordnung heel. On wenn dann die gemischde Chor song, dann wor et, als wenn de ganze Keerch voll Engel wor.

Noh der Keerch ham mer gäße on mer krichden dann jeder en Stock Chreßdagskuche. On dann moßden wer en et Bett. Awwer schloofe konnde mir net. Em Donkele ham mer em Bett gesääße on han uhs mit laiser Stemm wat verzellt. Dobai han mer of jedes Geräusch geluuerd, dat us dem Zemmer kom, en dem am annem Morje de Bescheerung sain sollde. On mer han de Uhre geschbetzd, öm dem Chreßkendche sai Stemm zu hüre. Oon dann han mer dem Braibachs Franz zugehürt, wenn he de Stonne uspeff. Wenn uhs Vadder on Modder dann endlich

en et Bett gingen, dann frogten mer: „Wor dat Chreßkendche do?"
Dann sohde mai Modder: „Jo — et wor do on et kümmt morje froh
bai der Bescheerung widder." Dann endlich schliefe mer. Awwer öm
sechs Uhr wore mer widder wach. On dann ließe mer uh Modder kai
Roh, bis dat se obstunn on en et Zemmer ging. On wenn et dann of
emol bimmelde, do sinn mer uß dem Bett erus wie een Schnellläufer
beim Schdardschuß. On wenn mer en et Zemmer komen, wo dä
Chreßbaum brannde on de Sache eröm loge on dä Ofe schon bröllde,
dan goov dat en Freudengeschrai. In de Himder rannden mer eröm on
frogten on jauchzden.

On mai Großvadder ston an der Dühr, hiel sich de Box mit den Hänn
fest, kratzte sech am kahle Kopp on sohde emmer nur lachend: „U -ju -
ju!" On mai Vadder stonn och do on sorchte dofür, dat nix kapott
gemaacht wuhr. On dann songe mer Chreßdagslieder, on dann ging et
an et - hannele. Denn keener hadde dat gekriechd, wat hä han woll. On
wenn mer am hannele wor'n, dann schlug mai Vadder schon mol
dozwische. Awwer dat doht uhs gar nex. En Stonn schpäder hadde mer
all met de Sache gedauschd on jeder hadde dat, wat hö net bruche
könnt. Gott, mer ware Kenner. On dann han mer den Chreßbaum
bewonnerd on die usgeblosene Aier, on de Nöß on de Blätzcher, die
dran henge. On no achd Dag ham mer de Blätzcher gääße on dann
henge nur noch de paar Glocke am Baum on de Aier. On dann woren
mer draurig, dat et widder en Johr dauerde, bis Chreßdaag kom.

Fritz Pullig

Alte und neue Bräuche zur Weihnachtszeit an Mehrbach und Wied

Nach Jahrhunderten alten, überlieferten Bräuchen, die zur Weihnachtszeit ausgeübt wurden, sucht man im Raum Altenkirchen vergebens. Das mag damit zusammenhängen, daß die Bewohner dieser Region seit 1606 fast ausschließlich der kalvinistischen reformierten Konfession angehörten. Diese Lehre war sehr nüchtern und streng. Sie ließ genauso wenig wie den Schmuck in der Kirche, irgendwelche Darstellungen oder Nachahmungen des Weihnachtsgeschehens zu. Ein Heiliger wie St. Nikolaus hatte in ihrer Anschauung keinen Platz. Anders wurde dies erst, als die Grafschaft Sayn 1816 zu Preußen kam und Anfang des 19. Jahrhunderts die hiesigen Kirchengemeinden der Union beitraten. Das war der Zusammenschluß der reformierten und lutherischen Konfessionen. Die Lutheraner standen den Traditionen aufgeschlossener gegenüber. Hinzu kam, daß auch mehr Katholiken ins Land kamen. So kam es, daß sich im 19. Jahrhundert doch einige Bräuche entwickelt haben. Bis heute haben sich von diesen allerdings wenig erhalten. Vielleicht wären sie auch ganz vergessen worden, wenn sie nicht von Dr. Heinrich Holschbach 1928 in seinem Buch zur „Volkskunde des Kreises Altenkirchen" schriftlich festgehalten worden wären. So besitzen wir heute wenigstens eine Quelle, die uns über die alten heimischen Bräuche Auskunft gibt.

Wenn der Nikolaus kam.

Wie in fast allen Gegenden Deutschlands kam auch hier früher, wie heute noch am 5. Abends oder am 6. Dezember zu den Kindern der Nikolaus. Meist beschenkte er als Greis die Kleinen mit süßen Gaben. Es traten aber zu dem Termin auch andere Gestalten als „Böhmann" auf. So kam zum Beispiel in Sörth und Gieleroth der „Bombemikel", der wohl mit dem an anderer Stelle beschriebenen Pelznickel zu vergleichen ist. Um die Jahrhundertwende trat dieser noch in 14 Schulbezirken des Kreises Altenkirches auf.
Die Sprüche oder Lieder, die damals die Kinder für den Nikolaus auswendig lernten, waren in den Dörfern unterschiedlich.

In Hilgenroth sang oder betete man z.B.

„Nikolaus komm herein,
bescher' mir was auf's Tellerlein,
ich will auch immer artig sein,
Vater und Muter gehorsam sein.
Amen. "

oder

„Niklaus ist ein braver Mann,
hat ein schwarz-weiß Röcklein an.
Viel soll er geben,
lang soll er leben,
selig soll er sterben
und den Himmel erben. "

(Die letzten Zeilen singt man auch im Rheinland bei St. Martin beim sogenannten Gribschen. Das heißt um Gaben bitten.)

oder

„Niklaus, Niklaus Knauchen,
Kümmst de ganze Wauchen,
Wenn de leve Sonnich kümmt,
Haste nechs ze kauchen. "

Dieser Vers weist einen gewissen Spott auf. Er bedeutet, daß übermäßige Frömmigkeit nichts auf den Tisch bringt. (Knauchen = Knochen) Solche oder ähnliche Spottverse sind auch aus anderen Dörfern überliefert. Dies deutet daraufhin, daß der Nikolaus nicht so ernst genommen wurde.

In Eichelhardt sang man:

„Wenn das Glöcklein sieben schlägt,
komm der Niklaus angefegt
mit dem dicken Besenstiel,
haut die Kinder allzuviel.
Allzuviel ist ungesund,
Niklaus bist ein dummer Hund."

In Bimbach sang man damals:

„Kloos, Kloos, Schöppestiel,
Beten de ganze Woch nit viel,
Sonntags sangfang ech an
On denken de ganze Woch net dran. "

Der Brauch zu Nikolaus die Schuhe aufzustellen, damit darin die Gaben gesteckt werden sollten, war auch hier allgemein verbreitet. Eine Besonderheit gab es dabei in Pracht, dort stellte man die Schuhe auf den Speicher und einen Teller auf dem Tisch.

Es wird auch von einem eigenartigen Brauch zur Weihnachtzeit berichtet, der z.B. in Hamm, Seelbach bei Flammersfeld und anderswo bis etwa 1908 ausgeübt wurde und auf die Frömmigkeit der Ahnen hinweist. Das war der sogenannte „Kervstock". Soviel Vaterunser man betete, soviel Kerben schnitt man täglich in den Kerbstock. In der Wohnung hatte der Stock einen Ehrenplatz. Wollte man dem Nikolaus seine Frömmigkeit beweisen, so holte man den Kerbstock hervor und wies auf die Anzahl der Kerben hin.

Zu St. Barbara

Zum Barbaratag, den 4. Dezember, wurden Kirchbaumzweige in die Stube geholt, wenn sie zu Weihnachten aufblühten, so bedeutete das Glück. St. Barbara war die Schutzpatronin der Bergleute, so wurde ihrer besonders von den katholischen Bergleuten gedacht.

Vom Plätzchenbacken

Zur Vorbereitung auf Weihnachten gehörte das Plätzchenbacken. Oft kam es vor, daß junge Frauen oder Mädchen neue Rezepte gemeinsam ausprobierten. Dabei ging es häufig sehr lustig zu. Manchmal endete dies auch mit irgendeinem Schabernack. Wie ein solcher aussah berichtet uns Käthe Weßler aus Volkerzen:

Meine Freundin und ich hatten in der Berufsschule, - es war vor 60 Jahren – ein neues Rezept für Weihnachtsplätzchen kennengelernt. Wir verabredeten uns eines Abends bei der Freundin, um uns dies nachzubacken. Zufällig war im Haus der Freundin noch ein Nachbar, der uns beim Formen und Backen der Plätzchen zuschaute. Gegen 10 Uhr verabschiedete er sich und ging nach Hause.

Wir aber hatten so viel Spaß bei dem gemeinsamen Backen, daß wir in unserem Übermut überlegten, was wir noch anstellen könnten, wenn wir fertig wären. „Weißt du was", meinte meine Freundin, „wir binden dem Nachbar die Haustüre so zu, daß er morgen früh nicht raus kann". „Gesagt getan! Wir besorgten uns eine lange Kordel von der Dreschmaschine, einen Schrubber und das Vorhaben konnte beginnen. Wir knebelten Schrubber, Kordel und Haustüre derartig zusammen, daß es schon eines erheblichen Aufwandes bedurfte, die Haustüre zu öffnen. Dem Nachbarn hat es dann auch einige Schwierigkeiten bereitet und daß er darüber erfreut war, kann man auch nicht behaupten. Wie ein Lauffeuer ging die Sache durch das Dorf und jeder überlegte, wer diese „Untat" wohl begangen hatte. Natürlich fiel der Verdacht auch auf meine Freundin und mich, wir aber hatten den besten Fürsprecher. Der Nachbar selbst behauptete: „Die können es nicht gewesen sein, die haben den ganzen Abend Plätzchen gebacken, das hab ich selbst gesehen."

St.Thomasmarkt.

Für die Leute rings um Altenkirchen war der 21.Dezember, der St.-
Thomastag, noch ein besonderer Tag. Dabei wurde weniger an den
Apostel Thomas gedacht, sondern an den Einkauf der Weihnachts-
geschenke. An diesem Tag war nämlich in Altenkirchen der
Thomasmarkt. Zu diesem Markt wurden früher, im Gegensatz zum
Simon-Juda-Markt, keine Kinder mitgenommen, die konnte man beim
Kauf ihrer Weihnachtsgeschenke nicht gebrauchen. Man nannte ihnen
viele Gründe, warum sie nicht mit zum Markt durften. Von Michelbach
ist uns überliefert, daß man dort die folgende Redensart hatte:
„Kinder, die zum Dommesmarkt (Thomasmarkt) gingen, müßten an
einem hölzernen Schwein schluppen".
Der Thomasmarkt hat nach dem 2. Weltkrieg an Bedeutung verloren.
Als er 1948 nach 5-jähriger Pause zum erstenmal wieder gehalten
wurde, war man sehr stolz, daß auf dem damit verbundenen Viehmarkt
noch immerhin wieder 5 Pferde, 36 Kühe und 43 Ferkel zum Kauf
angeboten wurden. 1949 berichtet die Rhein-Zeitung, daß nur noch 2
Pferde, 3 Kühe und 2 Rinder gezählt wurden. Damals waren aber auf
dem Krammarkt immerhin noch 50 bis 60 Verkaufsbuden aufgestellt.
Der Thomasmarkt fand in den Jahren danach immer weniger Interesse
und wurde später nicht mehr abgehalten. Seit einigen Jahren gibt es
dafür den Weihnachtsmarkt in Altenkirchen, der aber nicht zu St
Thomas abgehalten wird, sondern schon Ende November, Anfang
Dezember.

Das Weihnachtsfest

Zum Ablauf des Weihnachtsfestes in der Vergangenheit schreibt Dr.
Heinrich Holschbach 1928: Weihnachten, das Fest der Liebe, bringt
Freude in alle Kinderherzen. In jedem Hause erstrahlt ein
buntgeschmückter Tannenbaum im Lichterglanze. Zu Großvaterszeiten
stellten die Eltern den Baumschmuck selbst her; sie vergoldeten und
versilberten Nüsse, ausgeblasene Eier, Tannenzapfen und suchten
Äpfel für den Baumschmuck aus. Heute kauft das „Christkindchen"
fertigen Baumschmuck. Auch bei uns ist es immer mehr Brauch
geworden, unter dem Weihnachtsbaum eine Krippe aufzustellen.

Traute Weihnachtslieder erklingen aus jedem Haus, wie : „O, du fröhliche, o du selige ..."

Vielfach war es Brauch, daß die Bescherung der „Großen" am 24. Dezember nach dem Schmücken des Weihnachtsbaumes vorgenommen wurde. Die „Kleinen" erblickten am ersten Weihnachtsmorgen unter dem Baume die sehnsüchtig erwarteten Gaben. Von Bedeutung war am Weihnachtstage noch das „Pontloch", das sich früher in fast allen Bauernhäusern befand. Es war ein viereckiges Loch in der Bodendecke des Schlafzimmers über der guten Stube. Durch dieses Loch, das meist über dem Ofen angebracht war, strömte im Winter die Wärme in das Schlafzimmer. Durch dieses Pontloch versuchten die Kinder in das untere Zimmer zu spähen, ob das Christkind schon da war.

Als Bitte an das Christkind war in Sörth der Spruch üblich:

> *„Lieb Christkindlein, komm herein,*
> *Bescher mir was aufs Tellerlein,*
> *Ich will auch fromm und artig sein,*
> *Vater und Mutter gehorsam sein. "*

Die Teller für die Süßigkeiten wurden von den Kindern selbst aufgestellt. Das Christkindchen füllte sie dann mit seinen Gaben. Das waren Äpfel, Nüsse, Schokolade, Plätzchen und anderes Gebäck. Am Weihnachtsmorgen zogen dann die Kleinen bei der Nachbarschaft umher, um stolz ihre Geschenke zu präsentieren. Vor allem suchten sie ihre Paten auf und holten sich ihr Christkindchen. Nachbarn und Bekannte besuchten sich auch gegenseitig um den geschmückten Weihnachtsbaum und die Geschenke zu besehen. Dabei wurden auch die selbstgebackenen Plätzchen gekostet. Als besonderes Gebäck galt der Spekulatius. Es waren Plätzchen, die die Form von Sternen, Hunden, Fischen, Vögeln usw. hatten.

Einen tiefen Eindruck hinterließ auch immer der Gang am ersten Weihnachtstag zur Christmette. In der Frühe stand man auf und ging , um in der Dunkelheit wenigstens etwas zu sehen, mit der großen Sturmlaterne oder den Euеln, den Karbidlampen aus dem Bergwerk, zur Kirche.

Wenn man sich dann vor der Kirche traf und sah wie die Lichter aus den umliegenden Dörfern zielstrebig auf die Kirche zukamen, so war dies jedesmal ein einzigartiges Erlebnis.

Natürlich wurde an den Weihnachtstagen bei den Bauern dem Vieh, ihrem kostbarsten Besitz, eine besondere Aufmersamkeit geschenkt. Daraus haben sich mit der Zeit Bräuche entwickelt, die einem Aberglauben nahe kommen. So ist überliefert, daß man in Hirz-Maulsbach am 2. Weihnachtstag das Vieh vor 6 Uhr gefüttert haben muß, da es sonst schluchig wird. In den meisten Ortschaften war es üblich, daß es zu Weihnachten eine Extraration Heu oder Grummet gab. In Eiben bekam das Vieh an diesem Tag sogar ein Stück Brot. Die Weihnachtszeit endet im Umland von Altenkirchen mit dem Epiphaniastag oder Hl. Drei Könige, dem 6. Januar. Den 12 Tagen und Nächten von Weihnachten bis dahin wurde vielerlei Bedeutung unterlegt. Im hiesigen Raum war die Wetterprognose sehr verbreitet. So wie an den 12 Tagen jeweils das Wetter war, so sollte es in dem entsprechenden Monat werden.

Alte Neujahrsbräuche

Auch zu Neujahr gab es einige Bräuche, die heute lang vergessen sind. Üblich war vielerorts das Neujahrssingen, das die Burschen übernahmen. In Sörth soll man um 1860 das folgende Lied gesungen haben.

Guten Morgen, o mein glückseliges neues Jahr,
Friede und Freude immerdar,
Glück und Segen, langes Leben!
Gott behüt' Euer Haus,
Wo ihr gehet ein und aus!
Gott segne eure Gärten und Wiesen,
Und läßt euch viele Früchte darauf genießen!
Nun wünsche ich dem Vater, der Mutter
Und auch dem Kind,

Dazu dem ganzen Hausgesind
Ein glückliches neues Jahr.
Das alte Jahr ist verflossen,
Hat euch mein Sprüchlein gefallen,
So soll 'n darauf die Büchsen knallen.

Das Knallen mit den Büchsen zu Neujahr, war wohl hier in der Gegend ein uralter Brauch. Schon 1714 beschwert man sich in Hamm über diese Unsitte. Sie wurde auch mehrfach verboten. Im Jahre 1781 erließ die „Fürstlich Brandenburg-Onolzbach-Sayn'sche Regierungs-Canzlei" in Altenkirchen folgende Verordnung:

„Das bestehende Verbot des Schießens in der Neujahrsnacht und am ersten Tage des neuen Jahres wird erneuert; und sollen dergleichen Feuers- und andere Gefahr, fernere Entgegenhandlungen, mit 10 Rthlr. Geld oder 14tägiger Schubkarrenstrafe belegt werden."
Im gleichen Jahr wird auch ein anderer Brauch verboten. „Der kostspielige Gebrauch, daß Unterthanen ihren Gevattersleut einen Schmaus geben, wird für die Zukunft bei 10 Rthlr. Herrschaftlicher Strafe verboten."

Eine eigenartige Redensart und Sitte ist uns aus Bachenberg und Niedererbach überliefert. Dort heißt es: „Auf Neujahr soll man Sauerkraut kochen" und „Weißgeld" (Die Jahrhunderte alte Münze Albus oder Silbergeld?) in der Tasche haben, dann hat man das ganze Jahr Geld. In Isert pflegte man ein Stück Brot in die Schublade zu legen, das das ganze Jahr nicht schimmeln sollte. Dort sollte man auch kein frisches Hemd anziehen, denn dann hätte man das kommende Jahr Schweren.

Dieter Sommerfeld

Weihnachtsbrauchtum im Hohen Westerwald

Weihnachten bringt eine Fülle von Bräuchen, die dazu beitragen, die Feststimmung zu vertiefen. Der Heilige Abend im Familienkreis gehört für viele Menschen zu den schönsten Stunden des Jahresfestkreises. An den Bräuchen des Abends halten viele Familien seit Generationen fest. Ursprünglich war die Bescherung die Aufgabe des volkstümlichsten Heiligen der Adventszeit, des St. Nikolaus. Dieser Brauch hat sich daraus gebildet, dass er die Kinder für ihren Fleiß beim Beten und Lernen mit „Apfel, Nuss und Mandelkern" belohnte. So war der Nikolaustag am 6. Dezember der Tag der Gabenbescherung. Nach dem Willen der Reformatoren sollte diese Aufgabe das Christkind übernehmen, das aber nicht mit dem Jesuskind gleichzusetzen war, sondern ein engelartiges Wesen war, das von einem Erwachsenen dargestellt wurde. So kam es, daß in protestantischen Gegenden das Christkind, weiß gekleidet und mit Schleier, oft auch mit Krone und Engelsflügeln versehen, am Heiligen Abend die Kinder bescherte.

Der Bearbeiter kann sich noch gut erinnern, es mag 1941 gewesen sein, er war damals 5 Jahre alt, wie eine weiß gekleidete Gestalt an die verglaste Wohnzimmertür klopfte, ein paar mahnende Worte sprach, die Tür ein wenig öffnete und durch den Spalt Weihnachtsgebäck, Äpfel und Nüsse – es war die Zeit des Zweiten Weltkriegs - als Gabe auf den Stubenboden legte. Am ersten Weihnachtstag überraschte er seine Eltern mit der Aussage Dot Chröskennche harren Schtömm wie Kührde Polinsche! „

Das Christkind hatte eine Stimme wie die Nachbarin Pauline Weber!")

Wäller Chrösbaam im Goardche.
Zeichnung: Karl Löber

Der Schmuck der Weihnachtsstube war der Weihnachtsbaum. Bäume und insbesondere immergrüne Bäume hatten für die Menschen in alter Zeit eine ganz besondere Bedeutung. Sie waren Sinnbild für das Leben; in ihnen lebten gute Geister, die Schutz boten vor dem Bösen. Zur Feier der Wintersonnenwende versinnbildlichte das Tannengrün die Hoffnung auf einen neuen Frühling, auf Wärme und Leben. Ein wenig von diesen Gedanken lebt noch, wenn wir auch heute zur Weihnachtszeit Geschenke mit Fichtenzweigen versehen. Auch in der Redensart kommt es zum Ausdruck: wer auf keinen grünen Zweig kommt, dem fehlt der Schutz der guten Geister und damit auch das Glück. Man wählte für dieses Brauchtum wohl Tannen, weil die Tanne als besonderer Baum galt: Immergrün, sich nach oben verjüngend, drückt sie die Hoffnung des Lebens mitten im Winter aus. Der Weihnachtsbaum hieß in der Mundart des Hohen Westerwaldes „Chrösbaam", und weil er ursprünglich mit blattgoldüberzogenen Hasel- oder Walnüssen geschmückt wurde, gab man ihm auch den Namen „Nössebeemsche".

Die frühesten Belege für einen geschmückten Weihnachtsbaum stammen aus der Lebenswelt des städtischen Handwerks. Die bekannte Volkskundlerin Ingeborg Weber-Kellermann beruft sich auf eine Bremer Zunftchronik von 1570. Darin wird von einem kleinen Tannenbaum berichtet, der mit Äpfeln, Nüssen, Datteln, Brezeln und Papierblumen geschmückt war.

Der Bericht von einem Christbaum, der unserem heutigen schon sehr nahe kommt, stammt von einem unbekannten Reisenden aus dem Jahr 1605:

Auff Weihnachten richtet man Dannenbäum zu Straßburg in den Stuben auff, daran hancket man Rosen aus vielfarbigem Papier geschnitten, Äpfel, Obladen, Zischgold, Zucker etcetera.

Bald zog die Ausstrahlung des Christbaums vor allem die Aristokraten in seinen Bann und von den Fürstenhöfen, Zunft- und Patrizierhäusern ausgehend wurde der weltweite Siegeszug des Weihnachtsbaums unaufhaltsam.

Die Prinzessin Henriette von Nassau-Weilburg, eine Tochter der Luise Isabelle, Erbgräfin von Sayn-Hachenburg, war die Gattin des Erzherzogs Karl von Österreich, führte den Weihnachtsbaum-Brauch 1816 am österreichischen Hof ein.

Sie folgte damit einem alten Brauch ihrer Heimat, den die Österreicher innerhalb weniger Jahre annahmen. Man nannte die Prinzessin im Volksmund auch die Christkindelbringerin.

Amalie Wittmann zitiert in ihrem Buch „Aus der Schule geplaudert, Band 1, Westerburg 1992" aus der Schulchronik von Gershasen:

Die Christenbescherung auf Weihnachten 1852. ...
Die Ortsvorgesetzten und alle hiesigen Einwohner wurden zur Theilnahme an dieser Feier eingeladen. Wirklich erschienen alle, so daß der Lehrsaal überfüllt war. Selbst lebensmüde Greise hatten sich eingefunden. Kranke Kinder ließen sich von den Eltern auf den Armen hineintragen. Das Zimmer war hell erleuchtet. In der Mitte prangte der mit Marzipan, goldenen Nüssen und Kerzen geschmückte Christbaum.

So kam der Weihnachtsbaum erst spät in die Familien, in Deutschland erst im 19. Jahrhundert.

In der ersten Hälfte des 18. Jahrhunderts - so ist es überliefert – holte man einen Wacholderstrauch, eine „Wachhecke", von der Viehweide, den man wie oben geschildert schmückte. Seit um 1850 setzte sich im Westerwald die Fichte, das „Dennsche", durch, die, obwohl es längst verboten war, heimlich, still und leise wenige Tage vor Weihnachten aus dem Wald geholt wurde. Das mittelalterliche Recht, daß der Wald jedermann gehört, war lange lebendig geblieben. Bis weit in unser Jahrhundert hinein stellte man den „Chrösbaam" in ein kleines Gärtchen, das mit einem grün und weiß angestrichenen Lattenzäunchen umgeben war. Es stellte den Paradiesesgarten dar, denn die Geburt des „neuen" Adam, Jesus Christus, sollte gefeiert werden. Vor 1850 war höchstens ein rübölgespeistes Grubenlämpchen, auch Frosch genannt, hinter dem „Nössebeemsche" aufgestellt, das der Stube einen schummerigen Schein verlieh.

Doch mit der Zeit hat sich auch der Weihnachtsbaum verändert. Die vergoldeten Nüsse gerieten als Baumschmuck in Vergessenheit. Bald kamen Kugeln, Vögel, Watte, Strohsterne, Engelshaar und Holzfigürchen hinzu. Gar die Wachskerzen, die nicht nur Kinderaugen aufleuchten ließen, sind zum Teil durch das kalte Licht elektrischer Lichterketten abgelöst worden.

Karl Kessler

Daadener Tellertragen

Wenn am Nachmittag des Heiligen Abends um 16.00 Uhr die Glocken der Daadener Barockkirche das bevorstehende Weihnachtsfest einläuteten, brachten die jüngeren Kinder ihren Paten und Goten einen normalen Ess-Teller ins Haus, der in einem weißen Leinentuch getragen wurde.
Am ersten Weihnachtstag wurde dann der Teller, gefüllt mit Plätzchen und Nüssen sowie einem Weihnachtsgeschenk, wieder abgeholt.

Leider ist jedoch dem Vernehmen nach dieser lang gepflegte Brauch, wie so viele andere auch, inzwischen fast ausgestorben.

Foto: Das Bild zeigt den damals 8-jährigen Sohn des Autors gemeinsam mit einem Freund beim besagten „Teller-Tragen" im Jahre 1964

Fritz Theilen, Altenkirchen
(1939-1965 wohnhaft in Daaden)

Weihnachten um 1930

Wenn man ein Menschenalter zurückblickt merkt man, wie die Zeit sich verändert hat. Doch die Hoffnungen und Sehnsüchte sind geblieben, wenn auch in etwas anderer Form. Damals wurden, auch wie heute in der Adventszeit, Plätzchen gebacken. In der Nacht darauf hatte das Christkind sie alle abgeholt. An den späten Nachmittagen, wenn bei Sonnenuntergang das Abendrot den Himmel in ein feuriges Licht färbte, hieß es: das Christkind backt Plätzchen. Jeden Tag saßen die Kinder am Fenster um zu sehen, ob das Christkind auch backt. Plätzchen gab es nicht das ganze Jahr über, sondern nur zur Weihnachtszeit.

Eines Tages war meine geliebte Puppe nicht mehr da. Alles suchen half nichts. Abends beim Nachtgebet wurde der liebe Gott gebeten, die Puppe zu suchen. Manchmal hörte ich noch beim Einschlafen die Nähmaschine rattern. In unsrem Backhaus stand eine Hobelbank. Dorthin hatte sich mein Vater öfters am Nachmittag zurückgezogen. Wenn ich mal nachschauen ging, war er dort mit Brettern beschäftigt die er glatt hobelte. Mit der Bemerkung: „daß ist nichts für Mädchen", wurde ich wieder ins Haus geschickt.

Mittlerweile ging es auf Niklaustag zu. Vor diesem Mann hatte man großen Respekt. Er wusste alle Untaten von den Kindern und hatte eine Rute. Geschenke gab es nicht, nur Plätzchen, Nüsse und Äpfel. Man gelobte gern brav zu sein, denn Weihnachten stand ja vor der Tür. Heiligabend war der Tag, um alle Vorbereitungen zum Fest zu treffen. Die Bescherung war am ersten Weihnachtstag. Bei Nacht hatte das Christkind einen Tannenbaum gebracht mit vielen bunten Kugeln die im Kerzenschein zu leuchten schienen. Engelhaar umgab den Baum. Erst danach sah ich unter dem Baum etwas stehen. Es war ein Puppenbett mit meiner Puppe. Aber welch eine Überraschung, die Puppe hatte neue Kleider. Bei dieser ganzen Freude hatte ich übersehen, daß für mich auch noch in neues Kleid dabei war.

An diesem Abend habe ich dem lieben Gott recht herzlich gedankt, dass er auf meine Puppe aufgepasst und dem Christkind mitgegeben hat

Elfriede Thiell

Advent und Weihnachten früher und heute.

Wenn es Herbst wird und die Bäume bunt werden, und ihre Blätter verlieren, dann beginnen die Vorbereitungen für den Advent.
Kastanien werden zum Basteln gesammelt, Streichholzschachteln sammelte man das ganze Jahr über, um sie zu bekleben und kleine Häuser daraus zu machen.
Mit den Kastanien bastelte man kleine Tiere und vieles andere mehr.

Im Krieg bereitete man sich sehr früh auf den Winter vor, Holz und Kohlen wurden eingekellert. Sehr oft stellte sich an Buß- und Bettag der Winter ein. Schnee, der dann fiel, blieb meistens bis zum Frühjahr liegen. In der armen Zeit beheizte man die Wohnung mit dem Küchenherd und mit einem Ofen. Gemütliche Wärme stellt sich ein. Es wurde gestrickt, vorgelesen, gebastelt und gesungen.

Am frühen Morgen fuhren hier in Montabaur die Pferdeschlitten mit den großen Milchkannen in die Stadt. An Sammelstellen konnte dann die Familien mit kleinen Kannen ihre Milch für den Tag abholen. Die Plätzchen wurden mit Haferflocken und selbstgemachtem Kartoffelmehl zubereitet. Aus gelben Rüben backte man Kuchen.

Doch auch in der armen Kriegszeit roch es nach Überraschungen und Plätzchen. In der guten Stube war dann die Türe für die Kinder verschlossen. Was sich dahinter verbarg, war ein großes Rätsel. Doch Mutter fiel immer etwas ein. Die Puppe bekam aus Stoffresten ein neues Kleid, die Puppenbettchen wurden neu bemalt, so gut es ging. Die Buben bekamen etwas aus Holz geschnitzt.

War dann nun endlich der Heilige Abend da, so ging man mit der ganzen Familie - meistens waren die Väter im Krieg - zum Rathaus.
Dort wurden Weihnachtslieder gesungen und ein Trompeter spielte Weihnachtslieder.
Anschließend gab es das Weihnachtsessen, so gut es die Mutter herbeizaubern konnte. Die Wohnung war gemütlich warm, denn die Winternächte waren mit starkem Frost und die Fenster zugefroren.
Noch war die Zimmertüre zugeschlossen, bis dann ein kleines Glöckchen bekannt gab, einzutreten.

Vor einem kleinen Weihnachtsbaum, der mit wenigen Kerzen geschmückt war, es gab ja leider nichts mehr zu kaufen, sangen wir gemeinsam Weihnachtslieder. Ein Gedicht wurde vorgetragen, Frohe Weihnachten wünschten wir uns alle, aber getrübt war der schöne Abend dann doch. Der Vater oder der Sohn waren nicht dabei , weil sie als Soldat an der Front waren. Sehnsucht und Tränen stimmten alle sehr traurig.

Dann kam die Überraschung, eine Puppe war schön gemacht frisch in dem kleinen Bettchen. Von aufgezogener Wolle strickte Mutter neue Pullover und Strümpfe, was die Kinder vorher nicht sahen und geheimnisvoll vor sich ging. Die Buben lagen auf dem Boden und erfreuten sich an den aus Holz geschnitzten Autos.

Wie schon gesagt, aus allem wurde was erfunden und neu hergerichtet.

Am anderen Morgen war nun der Festgottesdienst. Es gab in der Kirche keinen Weihnachtsbaum, ein kleine Krippe stand am Altar, die mit einer Kerze beleuchtet war. In der Kirche war es bitterkalt. Das Licht war auf Sparmaßnahme eingestellt, doch bei allem was der Krieg mit sich brachte, wurden die Weihnachtslieder schallend gesungen.

Die Glocken verkündeten nicht die Weihnachtsbotschaft.
Sie wurden aus dem Turm geholt und sollten verarbeitet werden.
Durch die dunkle Stadt, die ja auch nicht beleuchtet war, gingen wir trotzdem froh und dankbar in unsere warme Wohnung zurück.

Ruth Frink

Weihnachten

Kein Fest des Jahres war in früheren Zeiten von so vielen und seltsamen Bräuchen umgeben wie gerade das Weihnachtsfest. Manches von wertvollem alten Brauchtum hat sich bis in unsere Tage erhalten, vieles aber hat der Einbruch der modernen Zeit auch im entferntesten Westerwalddorf hinweggefegt. Das ist noch nicht einmal in jedem Falle so sehr zu bedauern, denn es gab Sitten und Bräuche, die allzu sehr im Aberglauben wurzelten. Allerdings sollte man überall dort ernste Besorgnis tragen, wo die Kräfte der Neuzeit zerstörend an der Gemeinschaft unserer Familien und Dörfer wirken. Denn solange wir das Weihnachtsfest als den Geburtstag des Erlösers der Welt feiern, ist das Fest der Kirche auch ein Fest der Familien- und Dorfgemeinschaft gewesen. Wenn wir in diesem Sinne nach Weihnachtsbrauch und -sitte fragen, so dürfen wir doch beruhigend feststellen, daß auch heute noch in unserer Westerwälder Heimat das Weihnachtsfest aus allen Festen des Jahres herausgehoben wird, so wie es Paul Gerhard in seinem schönen Weihnachtslied tut:
„Fröhlich soll mein Herze springen dieser Zeit, da vor Freud alle Engel singen. Hört, hört, wie mit vollen Chören alle Luft laute ruft: Christus ist geboren". —

Das weiß jeder, der einmal Gelegenheit hatte, Weihnachten in der stillen Abgeschiedenheit eines Westerwalddorfes zu erleben. Schon Wochen vorher wirft das liebliche Fest seine Strahlen voraus. Jede Arbeit, alles Mühen gilt nur dem einen Ziel - Weihnachten! „Alt und jung sollen nun von der Hast des Lebens einmal ruhn". Keiner kann sich dem Zauber entziehen, der die Zeit des Festes erfüllt. Das Bedürfnis der notleidenden Menschen zu gedenken, der Wohltätigkeit das Herz weit zu öffnen, ist zu keiner anderen Zeit so lebendig und zwingend wie am Weihnachtsfest. Die Feier im Familienkreis unter dem lichterglänzenden Tannenbaum, mit dem ein Stück deutschen Waldes in das Haus gebracht wird, die Freude am Schenken, die Lust am Essen und Trinken, die Freude am Gesang der alten, schönen Weihnachtslieder, der Besucn der Christmette oder Christvesper, alles das sind Züge, die in der Volksseele wurzeln und damit zum festesten Bestand der Wesensart unserer Bevölkerung zählen.
Am Morgen des 24. Dezember setzt der letzte Sturm auf das Backhaus ein. Hier herrscht jetzt mehr Betrieb als vor der Kirmes.

Ganze Kolonnen von Kuchen, unter denen der Christstollen nicht fehlen darf, müssen bis zum Nachmittag abgebacken sein. Wieviel von wirklicher Weihnachtsfreude ist nun schon zu spüren, wenn Erinnerungen aus früheren Jahren ausgetauscht werden, wenn das junge Volk über Weihnachtsgeschenke heimlich tuschelt.

Mit Einbruch der Dämmerung ist das Haus bestellt. Während die Großen gemeinsam das Schmücken des Weihnachtsbaumes in der guten Stube besorgen, weiß Großmutter die Kleinen in der Küche mit Geschichten vom Christkind zu beschäftigen. Im Mittelpunkt des Heiligen Abends steht die Christvesper. Die abgelegenen Dörfer haben oft einen weiten Marsch durch die verschneite Winterlandschaft zum Kirchort zurückzulegen. Aber kaum einer schließt sich aus. Nie sind die Kirchen so überfüllt, wie in der Christnacht. Wenn die Weihnachtsglocken in den stillen Winterabend hineinläuten, wenn die hohen, hellerleuchteten Kirchenfenster wie Himmelstüren in die Nacht hinausschimmern, dann muß jeder gläubige Christ seinen Heiland suchen und um seine Einkehr beten. Dann weiß man nichts mehr von Winterkälte, von Wintertod und -leid. „Bezwungen ist die tote Nacht, zum Leben ist die Lieb erwacht."

Nicht selten hilft die Gemeinde- und Schuljugend durch ein Krippenspiel, Lied und Dichtung die kirchliche Feier gestalten. Den Höhepunkt erreicht die Christvesper im Weihnachtsevangelium. Mit ursprünglicher Kraft trifft es immer wieder die Menschen guten Willens. Auf Bethlehems mitternächtlicher Flur erklang zum ersten Male, um fortanzutönen durch die Jahrhunderte, bald lauter, bald leiser, um auch hereinzuklingen in unsere unruhige, bewegte Zeit. Das spürt der Kirchgänger, wenn ihn noch weithin der helle Glanz der Kerzen und der Schall der Posaunen in die Weihnachtsnacht hinausbegleiten.

Die Wirtshäuser bleiben an diesem Abend geschlossen. Keine Lustbarkeit der Welt vermag den Menschen abzulenken. Jeder hat es eilig, heim zu kommen. Hier schart sich die Familie um den lichtergeschmückten Tannenbaum. Ein Duft von Weihnachtsgebäck, Christstollen und Tannengrün durchzieht das ganze Haus. Und dann ist der Augenblick des gegenseitigen, freudigen Beschenkens gekommen. Alte Weisen erklingen, während die Kinder an ihre Gabentische herantreten.

Die Christbescherung fand nicht immer am Heiligen Abend statt. Ein Bild Ludwig Richters zeigt uns, wie vor 150 Jahren Weihnachten gefeiert wurde. Die Kinder traten hier am Morgen an den reichen Gabentisch heran. Die Christvesper oder Christmette fand dann erst in den frühen Morgenstunden des ersten Weihnachtstages statt. In manchem Westerwaldort hat sich diese Sitte bis in unsere Zeit hinein erhalten. Auch der Christbaum in seiner heutigen Form war damals noch nicht gebräuchlich. Statt des lichtergeschmückten Tannenbaumes sahen wir in der Zimmerecke nur Zweige angebracht, an denen Äpfel und Süßigkeiten hingen. Man stellte damals zwar auch schon Kerzen auf, manchmal auf besonderen Gestellen, aber den eigentlichen Christbaum, ohne den wir uns ein Weihnachtsfest gar nicht mehr vorstellen können, kannte man oft noch nicht.

Das ganze Haus, auch die Tiere dürfen Anteil haben an der Weihnachtsfreude. Der Hausvater versorgt das Vieh für die Heilige Nacht mit zusätzlichem, besonders gutem Futter. Der Förster feiert Weihnachten mit den Tieren des Waldes auf seine Art. Mit einem Schlitten voll Futtersäcken fährt er am Heiligen Abend hinaus in den Winterwald, um das Wild zu füttern, das die Kälte oft so zahm gemacht hat, daß es ohne Scheu nahe an die Menschen herankommt. Die Natur leidet mit dem Menschen, sie freut sich aber auch mit dem Menschen. Ahnen wir nicht etwas von der tiefen Wahrheit der Worte des Apostels, der im Römerbrief von dem Sehnen und Seufzen der Kreatur nach der herrlichen Freiheit der Kinder Gottes spricht.

Niemand kann sich in diesen Tagen der Kraft der frohen Botschaft völlig entziehen, irgendwie oder irgendwann muß er einmal innehalten und aufhorchen. Von Kindheit an hält uns das Weihnachtswunder umfangen und will uns nicht mehr lassen.

So erzählt der Dichter Ernst Wiechert von der seligen Weihnachtszeit, als er noch ein Kind in seiner ostpreußischen Heimat war: „Haus und Stall erschienen unseren erschauernden Herzen als der stille, verschollene Mittelpunkt der Welt, umgeben von himmlischen Heerscharen, überstrahlt vom Stern von Bethlehem, und wir selbst auf eine unverlierbare Weise eingebettet in eine göttliche Vaterhand, aus der uns kein Leben und kein Tod jemals würden vertreiben können."

Heinz Krämer

Festtagsstimmung in Oberdreis

Außer den Geburtstagen waren es die Kirchenfeste, welche gebührend gefeiert wurden. Ein kleines Tannenbäumchen an den vier Adventsonntagen kündete durch ein, zwei, drei, zuletzt vier Lichtlein die große Zeit an. Dann strahlte am heiligen Abend der große Christbaum, den wir nach einem alten Privilegium unter den Tannen des Oberdreiser Berges auswählen durften, und dessen Glaskugeln und Flitterwerk jedes Jahr in vermehrter und verschönerter Menge wieder erschien. Die Klingel ertönte, wir stürmten herein, und der Christbaum strahlte uns entgegen. Es wurde gesungen: Gelobet seist du, Jesus Christ. Die ganze Herrlichkeit steht mir noch heute vor Augen, sobald ich an dieses Licht denke. Eine kurze Ansprache auf die Bedeutung des Tages hin, dann ging es an die Geschenke. Zuvor wurde aber noch das an der Seite aufgebaute Krippchen bewundert. Eine nach der Seite offene Kiste war der Stall zu Bethlehem mit Maria, Joseph und dem Kinde, den heiligen drei Königen in orientalischen Prachtgewändern und dem Öchslein und Eslein im Hintergrund. Das Ganze war mit duftigem Moos zierlich verkleidet. Über dem Stalle sah man die Hirten auf dem Felde, und über ihnen schwebten an einem Tannenzweige, durch unsichtbare Fäden gehalten, die Engelchen, welche bei jeder Berührung des Zweiges lebhaft hin- und herflogen. Über dem Ganzen hing ein großer vergoldeter Stern. Am ersten Weihnachtsabend wurde der Christbaum in die Kirche gebracht, welche dann zum Erdrücken voll zu sein pflegte. Die Schulkinder sangen Lieder, erzählten die Weihnachtsgeschichte und wurden dann beschert. Die „lieben Mädchen" [des Pensionats], welche gewöhnlich hierzu etwas beisteuerten, durften denn auch die Gaben verteilen. Sie standen mit ihren Körben in einer Reihe, an welcher in langem Zuge die Kinder vorbeidefilierten, wobei ein jedes seinen Anteil an Gebäck und Äpfeln, an Traktätlein, Schreibheften usw. erhielt. Auch die jüdischen Kinder nahmen unbefangen an dieser Feier teil.

aus: Mein Leben 1922
Paul Deussen (1845-1919)

Geschichten

Herr Niko und Herr Laus

Bestimmt habt ihr euch schon mal gefragt, wie der Nikolaus es schafft, an einem Abend so unzählig viele Kinder zu besuchen und zu beschenken.

Nun, es ist ganz einfach: In Wirklichkeit gibt es gar keinen Mann namens Nikolaus! Ja, da staunt ihr, was? Es ist kein Mann mit weißem Bart und rotem Gewand. 0 nein! Es sind zwei.

Ja. zwei Männer, die fast gleich aussehen. Der eine heißt Herr Niko und der andere Herr Laus.

Sie sind Zwillinge. Gemeinsam haben sie schon viele Abenteuer erlebt. Sie durchquerten die sieben Weltmeere mit Schiffen voller Äpfel, Nüsse, Marzipan, Schokolade und selbstgestrickter Wollsocken. Unterwegs wurden sie zweimal von Piraten überfallen und ausgeraubt. Seitdem benutzen Herr Niko und Herr Laus den Seeweg nicht mehr.

Eine Weile versuchten sie dann, die Weltmeere mit riesigen Luftballons zu überfliegen. Aber dabei konnten sie nicht genügend Geschenke mitnehmen. Herr Laus stürzte ab. Ins Wasser. Herr Niko rettete sich. Er warf alle Marzipanschweinchen und Überraschungseier ab. Den Fischen schmeckte das Zeug gar nicht.

Im Wilden Westen wurden sie von Indianern ausgeplündert und wären fast skalpiert worden.

Aber am schlimmsten ging es den Herren Niko und Laus im Westerwald. In einem kleinen Ort namens Bruchertseifen. Sie kamen mit ihren Rentieren Wirbelschwanz und Triefauge auf zwei großen Schlitten, beladen mit Geschenken. Sie blieben auf dem Weg von Altenkirchen nach Wissen im Schneegestöber stecken.

Sie sahen ein Wurzelhäuschen und dachten: Bestimmt wohnen dort nette Menschen.

„Laß uns hingehen!" schlug Herr Laus vor. „Vielleicht bekommen wir dort einen heißen Tee und können uns ein bißchen die Füße wärmen." So war es auch.

Aber während sich unsere zwei Freunde ausruhten, geschah etwas Merkwürdiges. Ein paar Häuser weiter wurden Stefan und seine Schwester Kerstin von der Mama nach draußen geschickt. „Geht noch ein bißchen spielen, bis der Nikolaus kommt", sagte die Mutter. Hinter ihrem Rücken raschelte das Geschenkpapier.
Kerstin wollte nicht raus in die Kälte doch Stefan zog sie mit.
Sie stampften nur ein paar Schritte durch den Schnee, dann bückte Stefan sich und formte einen Schneeball. Der Schnee klebte gut. Stefan warf den weißen Ball, so weit er konnte.

Er traf in der Dunkelheit das Rentier Wirbelschwanz. Wütend stellte es sich auf die Hinterbeine und kippte dabei den Schlitten mit den Schokoladennikoläusen um. Sie fielen in den Schneematsch. Alle fünftausend Stück. Wirbelschwanz und Triefauge trampelten nun darin herum. Knirschend zerplatzten die Schokonikos und Schokoläuse unter ihren Hufen. „Du bist einfach zu blöd für diese Arbeit. Du hast alles verpatzt!" wieherte Triefauge empört.

„Was, ich? Du hast mir einen Eisklumpen zwischen die Hörner geworfen, du gemeines Vieh, du!" „Hörner? Diese Stummel sollen Hörner sein? Dann sind deine Gehpocken da wohl auch Beine, was?" „Jetzt reicht es!" schnaufte Wirbelschwanz, senkte den Kopf und ging auf Triefauge los. Stefan und Kerstin standen staunend dabei und sahen zu. „Was ist denn da los?" fragte Kerstin.

„Ich glaube", flüsterte Stefan zurück, „das sind die Rentiere vom Nikolaus." „Und was machen die da?" „Die kämpfen miteinander." „Warum?" „Hm ... Wahrscheinlich um die Schokoladennikoläuse." „Aber die sind doch für uns Kinder, und die beiden zertrampeln alles!" Wirbelschwanz und Triefauge rammten die Köpfe so fest gegeneinander, daß nun auch der Schlitten hinter Triefauge umfiel. Er war voll beladen mit Paketen, Teddybären. Puppen und Büchern.

Sofort rannten Stefan und Kerstin los. Sie trommelten die anderen Kinder des Dorfes zusammen. Stefan warf bei Sascha, Nicole und Stella Schneebälle gegen die Fensterscheiben und rief: „Kommt schnell! Die Straße liegt voller Geschenke!" Kerstin klingelte bei Mona, Maxi und Anne.

Zunächst wollten die Bruchertseifener Kinder dem Nikolaus nur helfen und alle Geschenke aufsammeln - auch die heil gebliebenen Nikoläuse, um sie auf den Schlitten zurückzupacken. Aber dann gingen die Rentiere so wütend aufeinander los, daß sie die Geschenkpakete doch lieber in ihre Kinderzimmer schleppten. Die Eltern, ganz mit den Vorbereitungen für die Nikolausfeier beschäftigt, kriegten davon nichts mit.

Triefauge und Wirbelschwanz jagten über die ferne Bundesstraße und zerrten die demolierten Schlitten hinter sich her. Als die Herren Niko und Laus aus dem freundlichen Wurzelhäuschen traten, standen sie inmitten von plattgewalzten Schokonikos und Schokoläusen. Alles andere war weg.

Sascha hatte sein Zimmer so vollgepackt, daß er kaum noch Platz zum Schlafen darin fand. Aber wer will schon schlafen, wenn man so viele Geschenke auszuwickeln hat? Als Stefan und Kerstin von ihren Eltern gerufen wurden: „Guckt mal, was der Nikolaus für euch gebracht hat! Ein Marzipanschwein und Überraschungseier!", da ernteten die Eltern nur ein müdes Grinsen, denn davon hatten die Kinder längst genug. Die kleine Maxi wurde von ihrem Papa dabei erwischt, als sie gerade einem Schokolaus den Kopf abriß.
„Wo hast du den denn her?" fragte Papa. „Gefunden", sagte Maxi. „Er lag draußen im Schnee. Die Rentiere vom Nikolaus haben dort ein bißchen gekämpft. Dann sind sie abgehauen. Und wir Kinder haben all die Geschenke eingesammelt, die sie verloren haben."
Papa lächelte und strich Maxi übers Haar. „Jaja, Kind. Mit dir geht mal wieder die Phantasie durch."

„Du kannst die anderen fragen. Es stimmt!" „Aber Kind, das kann nicht stimmen!" „Warum nicht?" Maxi lachte. „Ihr wartet doch alle auf den Nikolaus. Jetzt freut euch. Er ist gekommen." „Und wo ist er?" fragte Papa. „Steht er etwa draußen vor der Tür?" Jetzt klingelten gleichzeitig das Telefon und die Glocke an der Haustür.
Stefans Vater fragte telefonisch, ob jemand eine Erklärung hätte, wie die vielen Pakete in das Zimmer seines Sohnes gekommen sein könnten. Schwungvoll öffnete Maxis Vater die Haustür, als könne er damit seiner Tochter etwas beweisen.
Draußen standen Herr Niko und Herr Laus. Brav wünschten sie einen guten Abend. Vor Schreck hätte Papa die Tür fast wieder zugeworfen.

Schnell erzählten Herr Niko und Herr Laus ihre Geschichte. Sie hatten alles verloren. Ihre Rentiere, ihre Schlitten und ihre Geschenke für die Kinder in Wissen.

Freundlich, wie die Bruchertseifener sind, halfen sie den Herren. Ein paar Telefongespräche genügten, und aus den Häusern trugen die Kinder Geschenke herbei. Einige Pakete waren schon geöffnet, aber die meisten waren noch zu. Die Kinder luden alles in die Autos ihrer Mamis und Papis. Dann fuhren sie los und halfen den Herren Niko und Laus bei ihrer Arbeit.

Leider war für Niko und Laus kein Platz mehr, und sie mußten zu Fuß bis Wissen laufen. Als sie dort ankamen, waren die Geschenke bereits verteilt. So konnten die beiden – trotz ihrer Blasen an den Füßen eigentlich zufrieden sein.

Nur die Rentiere Wirbelschwanz und Triefauge kamen nie zurück. Sie haben sich aber längst wieder vertragen und grasen in den Wäldern um Bruchertseifen herum.

Jedes Jahr zu Nikolaus kommen sie heimlich ins Dorf und schauen den Herren Niko und Laus zu, wie sie ihre Geschenke austragen. Beim letztenmal kamen die beiden auf Rollschuhen.

Klaus-Peter Wolf

Wo der Nikolaus wirklich wohnt

Daß der Nikolaus am Nordpol wohnen sollte habe ich nie geglaubt. Von dort aus zu Fuß und mit dem riesengroßen, rappelvollen Sack auf dem Rücken, den Schlitten mit noch mehr Geschenken durch schneeloses Schmuddelwetter bis in unser Dorf ziehen, wie sollte das gehen? Anfang der siebziger Jahre hatten Westerwälder Nikoläuse nämlich keine Rentiere und ich war schon ein großes Mädchen. Wer in die zweite Klasse geht, lässt sich längst nicht mehr alles erzählen. Wenn er am Sonntagnachmittag nach dem Nikolaustag in unsere Kirche kam mussten die Honoratioren, allen voran Doktor Ellbröck, den Schlitten durch den Mittelgang ziehen. Alleine hätte der Nikolaus den Schlitten nie über längere Strecken ziehen können, schon gar nicht aus dem Ausland.

Eine Tatsache, die mir gewisse Sorgen bereitete, war der riesige gewundene Knüppel. Damit pochte unser Nikolaus kräftig gegen die Kirchentür um Einlass zu fordern, mit diesem Ding schritt er seinem Schlitten voran, und während er mit der einen Hand die Geschenke verteilte, lag die andere auf dem Knüppel. Anfang der siebziger Jahre standen Nikoläuse nämlich in dem Ruf, solche Instrumente zur Disziplinierung unartiger Kinder einzusetzen. In den Städten hatte er Knecht Ruprecht als Helfer, aber in so einem kleinen Dorf wie unserem konnte er mit den Rüpeln gut alleine fertig werden. Für Kinder, die gegen seine pädagogischen Maßnahmen resistent waren, war der große Jutesack gedacht.

Ich hatte keine Angst, daß mich der Nikolaus mitnimmt und vor dem Knüppel fürchtete ich mich auch nicht wirklich. Die Jungs waren viel frecher als die Mädchen fand ich und beobachtete, wie der Nikolaus ein Kind nach dem anderen von der Liste in seinem Buch aufrief. Ein paar von den Jungs waren kreidebleich als sie vortraten, aber alle bekamen ihre Geschenktüten. Dann hörte ich meinen Namen und mir war schon ein wenig mulmig zumute als ich vor dem Nikolaus stand. „Du warst immer artig, das weiß ich doch", sagte er, griff zum Schlitten und beugte sich zu mir. Zwischen Mützensaum und Bart war kaum mehr als die Augen zu erkennen, und die lachten mich an. „So brav bleibst du auch im nächsten Jahr, gell?", meinte er und legte das Geschenk in meine Hände.

Aber klar, ich bin schon groß, wollte ich sagen, aber ich getraute mich nur, mich zu bedanken.

Wieder auf der Bank versuchte ich, das goldene Band zu lockern, das die Tüte verschloss. Ich linste durch die enge Öffnung, konnte aber so gut wie gar nichts erkennen. Trotzdem – die Tüte jetzt aufzureißen wäre etwas für Babies gewesen. Wenn ich die Tüte an meinen Ohren rascheln ließ sprach aber alles dafür, daß Schokoplätzchen und andere in der Stadt gekauften Leckereien drin waren, wie in jedem Jahr.

Plötzlich wurde der Nikolaus laut. Frank und Olli standen vor dem Nikolaus. Zwar waren sie zwei oder drei Jahre älter als ich, aber nun wirkten sie richtig klein und das spitzbübisches Dauergrinsen war ihnen vergangen. Was der Nikolaus genau sagte, konnte ich von meinem Platz nicht verstehen, aber ich kannte die wichtigsten Punkte ihres Sündenregisters. Schließlich hob der Nikolaus sogar seinen Stock. Schnell wichen die Jungs zurück. Senge konnten sie zwar gut gebrauchen, fand ich, aber mir wäre es lieber, er nähme die beiden mit. Sack auf, Jungs rein, Sack zu und schon wäre das Dorf um zwei Probleme ärmer. Der Nikolaus ließ jedoch seinen Stock sinken und gab Frank und Olli Geschenke.

Ziemlich betreten schlichen die beiden zurück auf ihre Plätze, aber draußen waren sie wieder ganz die alten.

„Nächstes Mal nimmt er euch mit und dann hat es sich mit euren Faxen", belehrte ich sie.

„Soll ich jetzt Angst haben vor'm Nikolaus? Nie im Leben!" Demonstrativ stemmt Olli die Arme in die Hüften. Frank stiefelte wie ein alter Bauer neben ihm her und schlug ihm mit ausladender Bewegung auf die Schulter. „Der Nikolaus ist bloß der Gerd, der Bruder vom Bürgermeister", behauptete er.

Der Bruder vom Bürgermeister? Zunächst schien mir der Gedanke sehr abwegig, aber er ließ mir keine Ruhe. Ich fragte meine Eltern nach dem Nikolaus, doch die hielten sich bedeckt und nach Weihnachten diskutierte ich die Nikolausthese mit meinen Freundinnen. Daß es das Christkind nicht gab, leuchtete uns allen ein, schließlich hatte es nie jemand in unserem Dorf gesehen. Der Nikolaus kam aber jedes Jahr in die Kirche. Schon der Mundart nach konnte es niemand von außerhalb sein und er kannte sich verdächtig gut aus mit uns Kindern.

Zwar kannten wir den Bruder des Bürgermeisters nur rasiert und in Waldarbeiterkleidung, wir sahen jedoch ein, daß niemand das ganze Jahr über im roten Mantel herumlaufen konnte, aber sein Bart wuchs schon arg schnell vor dem Nikolausauftritt. Wenn der Bruder vom Bürgermeister tatsächlich der Nikolaus war, hatten wir ein Problem: Wir standen das ganze Jahr unter verschärfter Beobachtung, denn der Nikolaus durfte ja von keiner unserer Untaten etwas mitbekommen! Das war einfach so lange das Wetter so schlecht war, daß wir in den Häusern bleiben mussten. Das Elternhaus einer Freundin war mit einem besonders geräumigen, gruseligen Keller ausgestattet und einmal verwandelten wir uns mit Gardinen und Bettlaken in wilde Gespenster. Leider fand ihre Mutter wenig Gefallen an dem Spuk, weil wir uns aus ihrem Wäschekorb bedient hatten, sie schimpfte, aber wir hofften, daß sie nichts an den Nikolaus verpetzte.

Schwieriger war der Fall mit den Indianerzelten. Mit viel Sorgfalt schnitten wir die Plastikfolien, die eigentlich für Gemüsebeete gedacht waren, zurecht, kürzten akkurat die Bohnenstangen auf die richtige Länge, denn das Ergebnis sollte nicht so verlottert ausschauen wie die Hütten der Jungs. Jedes Mädchen bekam ein Indianerzelt hinter Nachbars Scheune und dann errichteten wir noch eins für die Fahrräder, denn Pferde hatten wir natürlich nicht. Selbstverständlich wurde der Platz vor den Zelten mit einem improvisierten Reisigbesen penibel gefegt und dann fehlte nur noch ein klitzekleines Indianerfeuer. Das hätten wir besser bleiben gelassen, denn das bisschen Holz, das wir fanden, war nicht richtig trocken und die unbeabsichtigten Rauchzeichen lockten ruckzuck die Erwachsenen an. Aus Angst um seine Scheunen trampelte der Nachtbar schnell das Feuer aus und unsere Eltern erklärten lautstark, daß sie lieber Gemüsebeetplanen und Bohnenstangen statt Indianerzelte gehabt hätten. Schweren Herzens brachen wir also unsere Kunstwerke ab ehe der Nikolaus Wind von der Geschichte bekommen konnte.

Glücklicherweise gediehen die Gemüsepflanzen auch ohne Plastik-planenschutz. Die Bohnenranken schlangen sich viel zu schnell über die Spitzen der arg gekürzten Stangen. Der Frühling war sehr sonnig und zog einen frühen, heißen Sommer nach sich.

Das Schulgebäude war ein kühles altes Bruchsteinhaus am Ende des Dorfes, aber die Lehrerin musste schon Ende Mai immer wieder Hitzefrei geben. Wir liefen dann schon am zeitigen Vormittag nach Hause und dann möglichst schnell zum Bach am anderen Dorfende. Ein paar Kilometer weiter gab es ein Freibad, aber wenn wir schon nicht dorthin konnten oder durften wollten, wir wenigstens an unserem Bach Kaulquappen fangen oder selbstgebastelte Spielzeugboote ausprobieren. Es war nur ein schmales, kühles Band, das sich durch die feuchten Wiesen wand, aber durch geschicktes Aufstauen ließ es sich deutlich verbreitern.

Wir trugen also so viele dicke Steine und Holzreste zusammen wie wir finden konnten, und sogar die Jungs ließen sich dazu herab, Hand in Hand mit uns Mädchen an einem möglichst großen Staudamm zu bauen. Gemeinsam experimentierten und probierten wir alles Mögliche aus, aber mehr als löcherige Wälle, die das Wasser immer wieder unterspülte, brachten wir nicht zustande. Plötzlich kamen mir die zerschnittenen Gemüsebeetplanen in den Sinn, die seit der Indianerzeltaktion hinter Nachbars Scheune vor sich hingammelten. Buchstäblich im Handumdrehen bekamen wir den Damm dicht. Das Wasser stieg erstaunlich schnell, drückte aber dann unser Kunstwerk einfach um! Noch einmal zogen wir unser Baumaterial aus dem Bach, und dann bekam ich zum ersten Mal mit, daß Frank und Olli etwas anderes als Unsinn im Kopf hatten. Sie änderten die Verstrebungen und dann standen wir mit klopfenden Herzen da und starrten auf das Wasser. Aus dem Bach wurde eine Pfütze, aus der Pfütze ein Tümpel, ein Teich und dann ein richtiger kleiner See. Wenn wir mittendrin standen, reichte das Wasser uns bis zu den Hüften. Am Wiesenrand blieben Leute stehen und machten große Augen. Ja, wir hatten unser eigenes Freibad und Silvie hatte eine noch bessere Idee. Sie lief nach Hause und kam mit einigen nützlichen Dingen zurück, aus denen sich ein so großes Floß bauen ließ, das ein Kind tragen konnte. Damit über unseren See zu schippern, war freilich eine sehr wackelige Angelegenheit und immer wieder plumpsten unvorsichtige Kapitäne in die lauwarme, von vielen Kinderfüßen durcheinandergewirbelte Brühe. Silvie lief nach Hause und kam mit Material für ein weiteres Floß zurück, damit wir eine Minimalflotte für Seeschlachten hatten.

Zudem versuchten die Jungs, den Staudamm weiter zu erhöhen. Wir waren so sehr mit der Schiffbarmachung unseres Gewässers beschäftigt, dass wir das Unheil nicht bemerkten, welches sich zusammen braute.

„Kinder, das könnt ihr so nicht lassen!" Ungewohnt strenge Stimmen rissen uns aus unserem Eifer. Ungefähr ein Dutzend Erwachsene standen am Wiesenrand und keiner von ihnen war von unserem See begeistert. Silvies Vater war äußerst ungehalten, weil er das Material für unser Floß lieber für den Hausbau verwendet hätte. An der Hauptstraße stieg gerade der Bürgermeister aus seinem gerade noch im

Trockenen geparkten Auto. „Die Kreisstraße steht schon unter Wasser", schimpfte er und fuchtelte wild mit den Armen. „Macht das weg – sofort! Die Autos können nicht fahren!"

„So ein Quatsch," moserte Olli halblaut. „Wenn sie schön langsam fahren, kommen sie gut durch. Auf der Straße steht das Wasser höchstens knöchelhoch."

Recht hatte er. Im Schritttempo passierte der Feierabendverkehr die Wasserlache. Ein Auto kam aus dem Dorf, es fuhr besonders langsam durch das Wasser und hielt schließlich an. Die Tür flog auf, der Fahrer sah auf den ersten Blick ganz normal aus, aber mir wurde heiß und kalt als ich die Augen erkannte. Der Nikolaus stieg aus und schüttelte den Kopf. „Das muss ich mir gut merken", stellte er fest, stieg wieder ins Auto und fuhr davon.

Was blieb uns angesichts so viel versammelter Autorität übrig als den prächtigsten Staudamm einzureißen! Es war ein merkwürdiges Gefühl zuzuschauen, wie das Wasser verlief.

Ein paar Tage später traf ich den Nikolaus unversehens in unserem Dorfladen. Er runzelte sorgenvoll die Stirn und spätestens jetzt war mir klar, dass mein Untatenkonto für den Nikolaus voll war – mitten im Sommer! „Kinder, was ihr neulich am Bach gebaut habt war gar nicht gut", sprach er, „versprichst du mir, keine Staudämme mehr zu bauen?"

„Aber sicher." Ich nickte eifrig und nahm mir vor, bis zum Winter wirklich brav zu sein. Nicht einmal Kirschen von den Bäumen des ewig griesgrämigen Heinrichs getraute ich mich zu stiebitzen. Lieber trug ich eins der Kätzchen, die irgendwer loswerden wollte, nach Hause und nach langen Diskussionen über Tiere und Verantwortung durfte es bleiben.

Schon bald hatte ich neue Sorgen, denn manchmal machen auch Erwachsene jede Menge Murks. Die Ferien gingen zu Ende und irgendwelche Leute, die sich mit Sicherheit nicht mit Schulen auskannten, hatten beschlossen, alle Dorfschulen zu schließen und alle Kinder zur Schule in die Kreisstadt zu schicken. Es hieß, dass Kinder nach Jahrgängen getrennt besser lernen konnten. In aller Frühe sammelten Busse die Kinder auf den Dörfern ein. Dann fand ich mich mit drei anderen Kindern aus meinem Dorf, dreißig fremden Kindern und einer neuen Lehrerin in einem noch nach frischer Farbe riechenden Klassenzimmer wieder, und mittags hatten wir alle unsere liebe Not, die richtigen Busse zu erwischen. Das einzig Positive an der neuen Schule war, daß es keine Plumpsklos in dem Gebäude gab. Vom ersten Tag an hasste ich die Turnhalle und die Pausen waren meistens schon fast vorbei, ehe ich Kinder von zuhause traf. Bald verabredeten wir uns in der immer gleichen Schulhofecke, aber wir fanden auch immer neue Freunde unter den Kindern aus den anderen Dörfern.

Der Nikolaus blicke mich lange und stumm an wann immer ich ihm begegnete und mir war gar nicht wohl zumute. Dabei war eigentlich nichts Besonderes an ihm, außer vielleicht, daß er mit dem Bürgermeister verwandt war. Er lebte in einem schlichten, kleinen Haus am Ende des Dorfs, hatte eine Frau mit roten Haaren, ging zur Arbeit wie alle anderen Leute auch und nebenher arbeitete er oft im Wald. Dazu waren die Nikolausstiefel gut zu gebrauchen, sonst deutete nichts darauf hin, daß er der Nikolaus war. Nicht einmal die Geschenktüten besorgte er selbst, ich hatte längst erfahren, daß Doktor Ellbröck, unser Jagdpächter, alles aus seiner Stadt mitbrachte. Vor diesem Nikolaus brauchte ich wirklich keine Angst zu haben, oder?

Ich war mir nicht sicher. Manchmal stellte ich mir vor, wie er abends sein Buch aufschlug und alle Neuigkeiten über die Kinder im Dorf notierte. Je näher der Nikolaustag rückte, desto schlechter fühlte ich mich. Anmerken lassen wollte ich mir nichts, aber mancher Erwachsene bemerkte, daß wir alle zur Adventszeit immer ruhiger wurden.

Schließlich war wieder Nikolaustag und als er in die Kirche einzog wurde mir klar, daß ich noch nicht groß genug war, um nicht in seinen Sack hineinzupassen.

Er blinzelte mir zu, ehe er an meiner Bank vorbei ging! Mit wachsender Besorgnis verfolgte ich, wie er ein Kind nach dem anderen aufrief, und mir wirbelten noch unzählige kleinere, bereits vergessen geglaubte Untaten durch den Sinn. Bestimmt wusste er alles, er wohnte viel zu nahe! Er verteilte die Geschenke wie immer, aber bislang waren nur kleine, ohnehin artige Kinder aufgerufen. Ich hätte viel darum gegeben, wenn Frank und Olli vor mir an der Reihe gewesen wären, sozusagen zum Austesten der Stimmung, aber dann fiel mein Name!

Meine Kniegelenke schienen in Pudding verwandelt als ich aufstand, und sie wurden immer weicher, je näher ich dem Nikolaus kam. Die Nikolausaugen lächelten, oje, was kam jetzt als nächstes?

„Ja, du bist eigentlich ein ganz braves Mädchen," sprach er, strich mit dem Zeigefinger über meine Wangen und reichte mir ein Geschenk. Ich war so perplex, daß ich fast vergaß, meine Hände zu schließen!

Dies war der letzte Winter in dem ich mich vor dem Nikolaus fürchtete. Bald wurde er krank, legte sein Amt nieder und jetzt ist er schon lange tot. Die neuen Nikoläuse wohnten auch im Dorf, sie waren weniger streng und seit einiger Zeit haben sie nicht einmal einen Knüppel dabei.

Marion Schäfer

Meine Puppe Lieselotte

Es war ein Weihnachtsfest nach dem Krieg (1946) und wie immer zu Weihnachten meiner Kinderzeit wurde früh aufgestanden, denn um 6.00 Uhr fing die Christmette in der Hammer Kirche an. Dorthin waren viele Familien unseres Dorfes unterwegs. Weil es noch dunkel war, erkannte man sie an ihren Stimmen. Ich war sehr aufgeregt und konnte das Ende der Christmette kaum erwarten, denn mein sehnlichster Weihnachtswunsch war in Erfüllung gegangen. Endlich, endlich, hatte ich eine Puppe bekommen.

Eine Puppe mit beweglichen Gelenken an den Beinen. Sie trug Strümpfe, Hemdchen, Hose, ein Winterkleid, eine Strickjacke mit Mütze, Schal und Handschuhe. Aber das tollste, sie hatte wunderschöne lange dunkle Haare, die man kämmen konnte. Ich war sehr glücklich und wollte sie natürlich meinen Großeltern väterlicherseits, die in Hurst lebten, unbedingt zeigen. Es war auch Tradition meiner Kinderzeit, daß wir uns am Weihnachtsmorgen zu Fuß auf die vier Kilometer weite Wanderung durch den Auerwald nach Hurst begaben.

Nun diesmal konnten wir die Strecke etwas abkürzen, denn die Sieg war schon zugefroren. Damals keine Seltenheit, da das Wasser sich an den im 2. Weltkrieg gesprengten Eisenbahn und Straßenbrücken staute und langsamer floß. Wir liefen also über das dicke Eis mit der leichten Schneedecke auf den Auerwald zu. Papa durfte sicherheitshalber meine Puppe bis ans andere Ufer tragen. Für den Rest des Tages habe ich sie aber nicht mehr aus den Händen gelassen und kein Geschenk war so viel wert wie meine Puppe.

Als es anfing dämmrig zu werden gingen wir wie jedes Jahr durch den Wald zurück. Papa kannte den Weg auch im dunkeln ganz genau. Über den Ort „Bach" und an der Quecks-Hütte, einer Villa, die mitten im Auerwald stand und vor Jahren wieder abgerissen wurde vorbei wieder hinunter ins Siegtal. Manchmal sah ich Geister hinter den Bäumen. Vielleicht waren es die leuchtenden Augen von Tieren.

Aber richtige Angst hatte ich keine, denn ich saß fest und sicher auf Papas Schultern und bin auch schon mal mit meinem Kopf auf Papas Kopf eingeschlafen.

Dieses Weihnachtsfest kam mir wieder in den Sinn, als bei Umbauarbeiten auf unserem Dachboden meine lange vermißte oder vergessene Puppe wieder auftauchte. Sie sitzt in ihrem mit festen Stichen umhäkelten alten Hemdchen neben mir an der Tischkante und wartet darauf, daß ich ihr neue Kleider im alten Stil nähe. Auch heute noch weiß ich ihren Wert zu schätzen, denn nun kenne ich die Umstände, die in der armen Nachkriegszeit zu dem Besitz dieser Puppe führten.

Puppe Lieselotte
Foto: Carsten Liersch

Es war der mit Leder bezogene Köper der kaputten Puppe meiner Großtante Emilie (geb. 1886) und der abgeschnittene Zopf meiner Tante Elli, den meine Mutter zum Puppendoktor nach Wissen (Ich glaube, der war in der Mittelstraße) brachte. Dort suchte sie einen passenden Kopf und Arme aus Zelluloid aus. Beides wurde am Rumpf befestigt und auf der Kopfhaut aus Stoff die Haare wie bei einer echten Perücke angenäht. Dann hat Mama die Anziehsachen genäht und gestrickt. Das gleiche habe ich mir nun vorgenommen.

Einen passenden Stuhl baut ihr mein Mann und dann bekommt sie natürlich einen Ehrenplatz unter unserem diesjährigen Weihnachtsbaum.
Wer weiß, vielleicht kommt sie später noch in ein Heimatmuseum, da ist sie sicher nicht alleine.

Ingrid Kahn

„Weihnachten im Laufe der Zeit"

Als Kind hab' ich ein „Geschenk für die ganze Familie" gekauft: Meinen Eltern und fünf Geschwistern erstand ich eine Tüte Lebkuchen, da konnte sich jeder was aussuchen und es gab keinen Streit, dachte ich mir. Stolz hütete ich die Tüte wie meinen Augapfel. Da schoss es mir durch den Kopf: Und wenn es gar nicht schmeckt? Vielleicht ist der Inhalt schon alt und gar nicht mehr gut? Da gab es nur einen Ausweg: ich musste probeweise den Beutel öffnen und mich höchstpersönlich vom ordentlichen Bestand des Inhalts überzeugen. Hm - lecker! Ein Hochgenuss! Aber: das gilt ja jetzt nur für dieses Exemplar; möglicherweise befindet sich doch ein nicht so gutes mit in der Tüte. Naja, es kam, wie es kommen musste: nach wenigen Tagen, zwei Wochen vor Weihnachten, hatte ich alles selber verspeist und war gewiß: Ich hätte den Beutel ohne Wenn und Aber verschenken können - alles darin war in einwandfreiem Zustand gewesen.

Doch nun stand ich mit leeren Händen da. Ersatz musste her. Ich einigte mich mit meinen Geschwistern darauf, dass wir gegenseitig auf Geschenke verzichten wollten, da wir alle unter chronischem Geldmangel litten und der Konsumwahnsinn ja eh nichts mit Weihnachten zu tun habe. Meinen Eltern malte ich ein Bild. Diese Idee hatten die anderen auch. Mutti hatte leckere Plätzchen gebacken und sicher vor uns verwahrt. Nun gab es doch noch Weihnachtsgebäck und genussvoll knabberten wir es einträchtig unterm Weihnachtsbaum.

Immer wieder fand meine Mutter im Frühjahr oder Sommer noch das eine oder andere Weihnachtsgeschenk; sie hatte es so sicher versteckt, daß sie es selber nicht mehr finden konnte. Eher zufällig kamen die Präsente dann doch zum Vorschein. Das hat mich oft verwundert: wie kann man das vergessen!?

Und heute? „Natürlich" geht's mir heut' genauso. Die Verstecke werden immer raffinierter, ich habe auch so vieles andere noch im Sinn - und außerdem bin ich auch nicht mehr die Jüngste.

Zudem ist die Freude zu Ostern, im Sommer oder sonstwann oft umso größer. Vorausgesetzt, es war keine verderbliche Überraschung ...
Das weihnachtlichste Weihnachten erlebten wir 1996:

Da waren unsere Zwillinge gerade vier Monate alt, unser „Großer" stand kurz vorm 4. Geburtstag - und wir hatten mit Kinderversorgung und — mein Mann als Pastor - Gottesdienstvorbereitungen reichlich viel zu tun.

Erst spät kamen wir überhaupt zum Weihnachtsbaumkauf: schön frisch duftete es, eine echte Wohltat! Aber da immer irgendein Kindelein irgendetwas brauchte an Liebe, Zuwendung oder nur 'ner frischen Windel, schafften wir es nicht, diesen Baum zu „schmücken". Feierlich und sehr bewusst hing ich drei Strohsterne daran, für jedes unserer Kinder einen. Ich fand, er sah wunderschön aus, dieser Baum - so schlicht, und ich habe nicht in Erinnerung, daß es jemals so intensiv nach Tanne bei uns duftete wie zu diesem Fest.

Später als Pfarrerin - die Kinder waren schon größer - erlebte ich das Weihnachtsfest noch einmal mehr von einer ganz anderen Seite: auch an Heiligabend wird gestorben, auch kurz vor den feierlichen Gottesdiensten am Nachmittag und Abend des Heiligabends werden wir zu Sterbenden und deren Familien gerufen. Was auf den ersten Eindruck so gar nicht „zusammenpaßt", ist doch das Wesentliche des Lebens: von Anfang des Lebens bis zu seinem Ende ist Gott uns nah - das erlebte ich besonderes an jenem Heiligabend-Mittag vor wenigen Jahren.

Bewegt und traurig verließ ich das Sterbezimmer, ungewiß, wie die weihnachtliche Freude für den ersten Familiengottesdienst in mir Raum finden sollte. Doch das erledigte sich von selber: die Kinder empfingen mich mit strahlenden Augen, schon ganz voll Lampenfieber ob des Krippenspiels, das sie gleich mitgestalteten.

Die Glocken unserer schönen Almersbacher Kirche läuteten, die Musik erklang - und die Spannung und Erwartung in den Gesichtern gab das zum Ausdruck, was, glaube ich, Gott sich von uns wünscht: offen zu sein für ihn. Glücklicherweise rangelten sich zwei Kinder um einen Sitzplatz in der Kirche; Wut und Kampfgeist sprühten ihnen aus den Augen: es waren „Maria" und ein Hirte, die sich zutiefst irdisch benahmen. Eng ist der Platz im Stall, eng der Raum für Frieden...

Damit „erdeten" sie mein Gefühlchaos dieses Tages und wir konnten sehr menschlich und voller Freude den Weihnachtsgottesdienst feiern. 0 du fröhliche...

Pfarrerin Barbara Kulpe

Eine Weihnachtsgeschichte

Es war in jenem Winter, in dem sich für alle Westerwälder über Nacht ein kindlicher Traum erfüllte: am Heiligen Abend schneite es. Unser Dorf lag fest verpackt unter einer Schneedecke, die ganz offensichtlich nicht die Absicht hatte, sich in absehbarer Zeit wieder in graue Matsche und triefende Rinnsale zu verwandeln. Die Landschaft war wie von Zuckerbäckerhand verzaubert, sauber und glänzend im winterlichen Sonnenschein. Sicher, ein paar Unannehmlichkeiten mussten die Dorfbewohner schon hinnehmen, aber was waren allmorgendlich zugefrorene Scheiben, glatte (und vom Nachbarn frecherweise nicht geräumte) Gehwege und bockende Autos gegen die Aussicht, im Halbdunkel des frühen Heiligen Abends über knirschenden Neuschnee zur Kirche zu wandern?

Ich war selig: unser Fachwerkhaus, umgeben von historisch anmutenden Nebengebäuden und liebevoll angelegten Gärten, konnte unverzüglich seine Modelkarriere für einschlägige Wohn- und Livestyle-Zeitschriften antreten. Ein bisschen nachgeholfen hatte ich schon: mein Mann hatte mir beim Einzug selbstlos das Ressort für Gemütlichkeit und Design überlassen und so fiel mir die angenehme Aufgabe zu, das Häuschen im Jahreskreis festlich herauszuputzen. Eine leichte Übung, vor allem im Winter! Die zehn Kölner Jahre während unseres Studiums hatten allerdings ihre Spuren hinterlassen: ich als Weihnachtsnarr ließ mich schon damals gerne von großstädtischer Glitzerpracht überwältigen.

So pilgerte ich im Advent in die Domstadt, um mit besonderer Sorgfalt die Weihnachtsbaumausrüstung auszuwählen. Kölner Edelschick im ländlichen Heim – die perfekte Kombination und wie geschaffen, um bei Besuchern gehörig Neid zu schüren. Nun konnte ich nichts sehnlicher erwarten, als unsere Westerwälder Tanne mit linksrheinischen Kugeln, Engeln und Schleifen zu behängen. Alles war vorbereitet und ein einziges gepflegtes Funkeln in Gold und Rot. Die Vollendung des Werkes konnte aber nur gelingen, wenn ich mich im Vorhinein gegen ein im Westerwald noch weit verbreitetes Phänomen entscheiden würde: die Osram-Lichterkette aus den späten 60ern, deren 19 Kerzen das Zimmer am Weihnachtsabend kräftig ausleuchteten. Die zwanzigste gab nämlich gewöhnlich am Festtagsmorgen ihren Geist auf – oder hatte sie etwa ein ganzes Jahr kaputt in der Schachtel gedöst? Wie auch immer: dies war stets ein Fall für den Mann im Haus, der nun genötigt wurde, das Malheur zu beheben, wie auch immer er das bewerkstelligte...! Sicher, leicht zu montieren war diese Lichterkette angesichts ihrer Übersichtlichkeit schon, und sie hatte auch durchaus etwas Nostalgisches – aber nein, diesmal rief ich zur Revolution: Meine Wahl fiel auf eine Kette mit 200 klitzekleinen Birnchen, die ich zu meiner Freude bei einem bekannten schwedischen Möbelhaus zum Spottpreis erwarb. So war das Sortiment nun vollständig – ich sah dem Heiligen Abend gelassen entgegen.

Der Festmorgen kam mit einem Schneegestöber, das die Freude an der weißen Pracht nur geringfügig minderte. Wer jetzt noch weg musste, war schließlich selbst schuld! Am späten Vormittag (ich hatte bereits alle wichtigen Arbeiten für die Weihnachtstage erledigt und die traditionelle Mittags-Suppe köchelte leise vor sich hin) krempelte ich die Arme hoch. In einer Stunde würde ich fertig sein und das Weihnachtszimmer dann vor den neugierigen Augen meines Mannes verschließen können. Letzterer saß zu diesem Zeitpunkt schon präludierend an der Orgel der benachbarten Kirche – als Musiker ließen wir es uns nie nehmen, an der Gestaltung des nachmittäglichen Gottesdienstes mitzuwirken. Auch ich wusste, dass es nach dem Mittagessen keine Zeit mehr zu verlieren galt – zeitig würde der Kinderchor mit 20 kichernden und scharrenden Sängerinnen und Sängern eintreffen, tausend Fragen stellen und mir bis zum Ende des Gottesdienstes manche Schweißperle auf die Stirn treiben.

Also, an die Arbeit. Mit der mir eigenen Gründlichkeit plante ich mein Vorgehen. Ich öffnete den Karton mit der Lichterkette und fragte mich nicht zum ersten Mal, ob Maschinen oder geschickte asiatische Finger dieses Gewirr aus Glas und Schnur so vorbildlich in die Schachtel flochten. Einmal rausgezogen, nie wieder reinbekommen! Ich verhedderte mich nur leicht, löste lächerliche drei Knoten aus der Zuleitung und war gerade dabei, das Monster um den Baum zu wickeln (warum waren meine Arme plötzlich so kurz?), als es mich durchfuhr: Ha! Der Schlaue denkt vor!

Mit weisem Lächeln nahm ich den Stecker und setzte das elektrische Wunder unter Strom. Siehe da, zweihundert Birnchen strahlten fröhlich – alles in bester Ordnung! Osram sei Dank, aus Schaden wird man klug! Stecker wieder raus - jetzt konnte es aber wirklich losgehen, und zu den Klängen von Bachs „Weihnachtsoratorium" fertigte ich den Baum meiner Träume.

Eine samtrote Kugel hier, eine goldene Schleife dort, und da stand das Prachtstück. Vorsichtig trat ich ein paar Schritte zurück, um aus der Distanz noch einmal den Gesamteindruck zu prüfen. Wunderschön – noch schöner allerdings mit Beleuchtung. Eigentlich sollte die erst abends eingeschaltet werden, purer Aberglaube, doch ich konnte es einfach nicht erwarten. Stecker wieder rein, und – nichts. Stecker raus, Stecker noch mal rein, Stecker umgedreht, Stecker beschworen – die Lichterkette hockte feindselig im Baum und hatte wohl Weihnachtsferien angemeldet. Mir brach der Panikschweiß aus – die Zeit rannte, und draußen?

Draußen war derweil ein freundliches, kleines Chaos ausgebrochen – die Fahrer der wenigen Autos blinzelten verkniffen durch die Gucklöcher, die ihnen die Scheibenwischer gnädig freischaufelten, Passanten waren schon gar keine unterwegs. Es half nichts: eine neue Kette musste her, und zwar sofort. Die Aussicht, zweihundert Birnen einzeln zu überprüfen, war so wenig verlockend wie Erfolg versprechend. Außerdem war der Ehrgeiz, diesen Traumbaum doch noch zum Leuchten zu bringen, größer als meine Wut über die mitgelieferten schwedischen Weihnachtsgeisterlein, die sich jetzt sicher im Wohnzimmer auf die Schenkel schlugen. Raus in die weiße Hölle. Auch mein Auto murrte und ließ sich nur sehr ungern auf die B8 bitten. Ziel der Fahrt war das benachbarte Dorf und der Laden, von dem ich mir noch eine gewisse Auswahl an Leuchtkörpern erhoffte...auch um zwölf am Heiligen Abend: hatte besagtes Geschäft doch schon im September solche Mengen an Weihnachts-Schnickschnack aufgeboten – da war doch sicher noch was übrig!

Ich schlitterte auf den Parkplatz und musste feststellen, dass ich wohl noch sprechende Nikoläuse und Lichterketten mit rhythmisierten Vierfarblämpchen bekommen konnte, allerdings keine schlichten farblosen Birnchen...nicht mal eine harmlose Osrambeleuchtung gab es mehr...! Was hätte ich dafür gegeben...! Hochmut kommt vor dem Fall, den ich dann auch sofort auf dem Parkplatz vollführte. Nass und zornig machte ich mich auf den Heimweg. Fieberhaft überlegte ich, wie ich den Baum und damit das gesamte Fest retten könnte. Es blieb nur eine Lösung: meine Mini-Lichterketten, die sich in irgendwelchen Schubladen knäuelten, mussten her. Wie viele 10er-Ketten würde ich da für meinen Funkelbaum brauchen...?

Der Abend wurde doch noch schön. Der Gottesdienst in der verschneiten Kirche, die Musik, der Anblick unseres schönen Zuhauses auf dem Heimweg – das alles entschädigte mich für den grauenhaften Vormittag. Der Baum leuchtete unschuldig und glänzte wie eine Diva unter seinem Zierrat. Und wen interessierte schon, dass weit hinten, unter den Geschenken, zwei Verlängerungsschnüre und vier Doppelstecker als kleines Weihnachtsgeheimnis verborgen waren?

Julia Hilgeroth-Buchner

Weihnachtsglöckchen, Stress und Stille Nacht, heilige Nacht

Ich liebe die Weihnachtszeit, der leckere Duft selbstgebackener Plätzchen dazu eine Tasse Tee oder Kaffee, ein gutes Buch und der Tag ist perfekt. Wären da nicht die ganzen Verpflichtungen die mitten in diese besinnliche Zeit treten und mir jedes Jahr aufs Neue die Ruhe rauben.

Warum schaffe ich es nicht, in diesem Jahr meiner lieben Familie zu sagen, dass alle sich an den Vorbereitungen zu beteiligen haben? Warum muss ich immer am Weihnachtsabend eine Gans im Ofen haben und die ganze liebe Verwandtschaft bekochen?

Natürlich darf ich auch nicht auf die Idee kommen, unseren Weihnachtsbaum mit etwas anderem als dem alten Baumschmuck von Oma Else zu schmücken. Früher fand ich die silbernen Kugeln und die kleinen Vögelchen mit dem putzigen Schwanz schön. Aber könnte man den Baum nicht einmal etwas peppiger schmücken, doch damit darf ich meiner Familie nicht kommen. „Das war immer so gewesen, und wir freuen uns jedes Jahr auf Deinen Baum und die leckere Weihnachtsgans", so die Worte meiner Schwiegermutter.

Bei Meyers nebenan gibt es am Weihnachtsabend immer Kartoffelsalat und Würstchen. Auch eine gute Idee und im Westerwald ein oft serviertes Essen, da es nicht lange an Vorbereitung braucht. Aber meine Familie hat schon immer eine Gans am Weihnachtsabend gegessen und will auch in diesem Jahr nicht davon abweichen.

Eigentlich möchte ich meine Gedanken im Gottesdienst, den ich gerade besuche, ruhen lassen und nicht überlegen, was für wen gekocht werden muss und ob auch genügend Nachtisch vorbereitet ist, da Tante Lydia sich plötzlich auch noch zum Essen angekündigt hat und ihren neusten Mann (sie ist bereits das vierte Mal verheiratet) mitbringt.

Bei uns zu Hause ist es von jung an so gewesen, daß mein Vater nach dem Gottesdienst erst einmal alle Familienmitglieder bat, sich zu Hause im Flur zu versammeln. Es wurde dann gemeinsam ein Weihnachtslied gesungen und nachdem Vater mit einem Glöckchen geläutet hatte, die Wohnzimmertüre geöffnet. In meinen Erinnerungen an früher verlief das Öffnen der Wohnzimmertür immer sehr feierlich. Alle wünschten sich frohe Weihnachten, umarmten einander und gingen in die gute Stube hinein. Zu hören waren Ausrufe der Freude wie: „Oh was für ein schöner Baum, kaum zu glauben, aber ihr benutzt noch den alten Baumschmuck von der Uroma, darüber bin ich aber sehr glücklich". Anschließend kam die Bescherung und dann die Weihnachtsgans.

Die Erinnerung an letztes Jahr waren allerdings eher gegensätzlicher Natur. Tante Lydias vierter Mann hatte kaum Geduld bis er in die gute Stube durfte, und lief immerzu auf und ab und sprach dabei unverständliche Dinge vor sich hin. „Das ist die Vorfreude", rief Tante Lydia und ich hatte den Eindruck, sie glaubte ihren eigenen Worten nicht. Nachdem mein Vater dann traditionell mit dem Glöckchen seiner Mutter, er hatte es stets gut aufbewahrt, geläutet hatte, gab es kein Halten mehr.

Ewas später saßen wir alle gemütlich unter dem Weihnachtsbaum, bis Ingo, der Sohn meiner Schwester Hilde, nicht die Finger von den Wachskerzen lassen konnte und so den Weihnachtsbaum in Brand setzte. Mein Mann Werner sprang erschrocken auf und riss dabei das Tischtuch mit, was wiederum zur Folge hatte, dass der Suppenteller von Werner auf den frisch gereinigten Teppich fiel. Das alleine hätte mir eigentlich gereicht, doch mein Schwager Michael fühlte sich dazu bewegt, uns in dieser Situation tröstend mit einem seiner Lieblingslieder beizustehen. Mitten in das ganze Chaos stellte sich Michael und sang also aus Leibeskräften „Stille Nacht, heilige Nacht".

Mir kamen fast die Tränen, doch als ich sah, daß der Hund von Tante Lydias viertem Mann gerade dabei war, unsere Weihnachtsgans zu probieren, setzte ich mich wieder auf meinen Stuhl und sang mit Schwager Michael „Stille Nacht, heilige Nacht".

Den Brand hatte mein Werner zum Glück schnell unter Kontrolle, wenn auch mein neuer Winterschal bei den Löscharbeiten in große Mitleidenschaft gezogen wurde, aber der Brand war gelöscht. Unser schöner Weihnachtsbaum hatte nun etwas Schieflage und   einige verkohlte Äste. „Da kommt jetzt noch etwas Lametta drüber und dann sieht man nichts mehr", rief meine Schwiegermutter, die sich ermuntert fühlte, in die Situation einzugreifen, und sie fing auch gleich an meine Schubladen zu öffnen, auf der Suche nach dem Lametta. „Kind, du musst Deine Schubladen besser in Ordnung halten, wo ist denn das

Lametta?", gab meine Schwiegermutter keine Ruhe. Etwa zwanzig Minuten später erstrahlte unser Weihnachtsbaum, dank dem Lametta unserer Nachbarin, meines war nicht mehr auffindbar, in neuem Glanz. Alle saßen wieder glücklich am Tisch und dank meines lieben Schwagers Michael sangen wir gemeinsam „Stille Nacht, heilige Nacht".

Das war Weihnachten im letzten Jahr. Nun sitze ich in der Kirche, mein Mann Werner neben mir und unser Sohn Erik ist als Messdiener tätig. Ich wollte einmal nur mit meiner kleinen Familie alleine feiern. Nicht wie es sonst bei uns Tradition war, mit der ganzen Verwandtschaft. Es sollte auch kein Weihnachtsglöckchen zum Einsatz kommen und unseren Baum hatte ich mit lila Kugeln geschmückt. Lametta gab es in diesem Jahr auch keines. Anstelle der Weihnachtsgans hatte ich Sauerkraut und Rippchen vorgesehen.

Die Weihnachtstage im letzten Jahr hatte ich noch in Erinnerung und deshalb sollte in diesem Jahr alles einmal anders sein.
Was für eine himmlische Ruhe.

Ich genieße die Worte des Pfarrers, schaffe es endlich von dem vorweihnachtlichem Stress Abstand zu gewinnen, erfreue mich und denke: „Weihnachten ist die friedlichste Zeit auf Erden".

Dann erklingt zum Abschluss des Gottesdienstes ein letztes Lied. Ich sitze entspannt in meiner Bank und mitten in meine ganze Glückseeligkeit, höre ich eine mir bekannte Stimme singen: „Stille Nacht, heilige Nacht".
Wie von Blitzen durchzuckt drehe ich mich um und entdecke in der Bank hinter mir meinen Schwager Michael mit Frau und Kind, Tante Lydia mit einem mir unbekannten Mann, hatte ich nicht mitbekommen, daß sie wieder geheiratet hatte? Erschrocken wende ich meinen Blick in die Richtung meines Mannes, der seine lieben Verwandten immer noch glücklich anlächelte. Dann zische ich in die Richtung seines Ohres ein paar Worte, die nicht in einem Gotteshaus verwendet werden sollten. Zum Schluss warnte ich Werner noch, mir die ganze Familie mit nach Hause zu schleppen. Aber ehe ich von meinem Mann eine Antwort bekam, trat meine Schwiegermutter in Szene. Der Gottesdienst war nun beendet und sie hackte sich bei mir ein. Als wir

wieder auf der Straße standen öffnete sie ihre Handtasche und holte eine Packung Lametta heraus. „Damit wir in diesem Jahr gerüstet sind, falls Dein Baum wieder brennt", erklärte sie mir stolz.

Das war zuviel für mich. Als dann aber Tante Lydia mir noch stolz berichtete, daß Sie eine Weihnachtsgans zu Hause vorbereitet habe, die ich nur noch in den Ofen schieben müsste, war ich völlig geschockt.
Meine Augen suchten Werner. Mit festen Schritten ging ich zu ihm und nahm ihn auf die Seite. „Du schleppst jetzt aber nicht die ganze Verwandtschaft mit zu uns nach Hause!", waren meine Worte. Werner zuckte nur mit seinen Schultern und verstand es wieder einmal, sich so vor einer Entscheidung zu drücken.

Dann feiert Ihr eben ohne mich!", rief ich, zum Entsetzen meiner Schwiegermutter, die immer noch das Lametta in ihren Händen hielt. Kurzentschlossen drehte ich mich um und ging absichtlich in die entgegen gesetzte Richtung unseres Hauses.
Ich hörte beim Weggehen noch wie Tante Lydia zu den anderen sagte: „Das ist nur die Vorfreude. Die Gute ist eben so aufgeregt. Lasst uns die Weihnachtsgans bereiten und dann ist alles wieder gut".
Ich lief einfach weiter und summte die Melodie von „Stille Nacht, heilige Nacht" vor mich hin.
Ich war immer noch irritiert über das Verhalten meiner Verwandtschaft, die ohne Einladung wie selbstverständlich den Weihnachtsabend bei uns verbringen wollte. Natürlich mit einer Weihnachtsgans im Ofen und dem Lametta meiner Schwiegermutter, wahrscheinlich hatte sie auch noch einige der alten Kugeln in ihrer Tasche mitgebracht, um meinen Baum richtig traditionell zu schmücken. Nicht zu vergessen, die wunderschönen Liedeinlagen meines Schwagers Michael.

Es war ziemlich kalt an diesem Weihnachtsabend und ich fing an zu frieren. Doch nach Hause wollte ich auf keinen Fall gehen. So schlenderte ich weiter durch die dunklen Straßen.
Es muss so etwas wie mein Schicksal gewesen sein, daß ich plötzlich auf ein beleuchtetes Fenster sah. Nur so kann ich mir erklären, warum mein Blick am Weihnachtsabend auf diesen Mann gefallen ist, den ich ansonsten bestimmt nicht bemerkt hätte.

Er stand an einem Fenster im Erdgeschoss seiner Wohnung und schaute auf die Straße. Mir war dieser Mann bisher nie aufgefallen. Das Haus kannte ich seit meinen Kindertagen, vier Familien konnten darin wohnen und des öfteren wechselten die Mieter. Es sah aus, als ob der Mann saß oder war er so klein? Irgendetwas fesselte mich an seine Augen. War es diese große Traurigkeit, die darin lag? Ich blieb am Straßenrand stehen und bemerkte nicht einmal mehr die Kälte. Der Mann schaute immer noch in meine Augen und ich sah in seine.

Warum ich dann auf das Fenster zugegangen bin, weiß ich nicht mehr zu sagen, aber ich spürte in diesem Augenblick ein großes Verlangen mich mit diesem Menschen zu unterhalten.
Als ich kurz vor dem Fenster stand sah ich, daß der Mann im Rollstuhl saß. Er gab mir ein Zeichen, ich solle an die Haustüre kommen.

„Ich habe auf Sie gewartet", sprach der Mann, als er mir geöffnet hatte. Dann fuhr er mit seinem Rollstuhl über einen langen Flur in seine Wohnung. Die Tür ließ er offen. Ich verstand die stumme Einladung und folgte dem Mann. In seiner Wohnung war es kalt und es roch nicht nach einem guten Weihnachtsessen. Ich konnte auch keine Familie oder Freunde in der Wohnung sehen. Nicht einmal einen Weihnachtsbaum.

„Es war nicht immer so", fing der Mann ein Gespräch an, nachdem ich neben ihm in der Küche saß. „Vor meinem Unfall habe ich mit meiner Familie jedes Jahr den Gottesdienst besucht und anschließend gemeinsam gefeiert. Mit dieser Glocke hier",   er hielt ein altes Glöckchen in seinen Händen und betrachtete es voller Sehnsucht bevor er weiter sprach: „ Damit habe ich immer geläutet und dann sind meine Frau und unser Kind in das Wohnzimmer gekommen. Meine Tochter hatte sich immer so gefreut darüber. Doch ein Augenblick hat mein ganzes Leben verändert. Seitdem bin ich im Rollstuhl und kann meine Familie nur noch dort besuchen". Er machte eine Bewegung mit seinem Kopf und ich verstand, dass er den Friedhof meinte. Mir wurde schlecht. Ich musste in diesen Minuten daran denken wie undankbar ich immer war, wenn ich an die Besuche meiner Familie zu Weihnachteten dachte.

War die Tradition meines Vaters, der ebenfalls mit einem Glöckchen läutete mir nicht in den letzten Jahren etwas kindlich vorgekommen? Und nun höre ich die Geschichte dieses armen Menschen. Er sitzt mit seinem Schicksal ganz alleine in einer kalten Wohnung und ich mache ein trauriges Gesicht, obwohl ich allen Grund zum strahlen habe. Wie gerne hätte er noch einmal einen Grund gehabt, seine kleine Glocke zu benutzen.

Kurzentschlossen überredete ich den Mann, mit zu uns nach Hause zu kommen und gemeinsam mit meiner Familie den Weihnachtsabend zu verbringen.
An unserem Haus angekommen roch ich schon den Duft von Tante Lydias Weihnachtsgans. Der Mann neben mir im Rollstuhl streckte seine Nase in Luft und ein Lächeln lag in seinen Augen.„ Eine Gans, ich habe das früher auch immer mit meiner Familie gegessen".

Ich holte noch einmal tief Luft und schloss die Haustüre auf. Werner entdeckte mich als Erster und kam erleichtert auf mich zu. Doch als er meinen Begleiter sah, blieb er erschrocken stehen. „Wer ist denn das?" fragte er mit einem unhöflichen Ton.

Ich stellte die beiden einander vor, doch Werner war nicht sehr höflich dabei. Dann brachte ich meinen neuen Bekannten in unser Wohnzimmer. Meine Schwiegermutter starrte uns entsetzt an und Schwager Michael hörte mitten seinem Lied auf zu singen als er uns erblickte.

Am liebsten wäre ich wieder gegangen, doch dann sah ich die strahlenden Augen meines Begleiters. „Das ist aber ein wunderschöner Weihnachtsbaum. Diese alten Kugeln kenne ich noch aus meiner Kindheit", rief er glücklich aus und fuhr mit seinem Rollstuhl auf den Baum zu. Er betrachtete die schönen alten Vögelchen und lobte das silberne Lametta meiner Schwiegermutter. Damit hatte er den Bann gebrochen. Stolz stand meine Schwiegermutter nun neben ihm und erklärte, woher sie den alten Baumschmuck habe. Dann wendete er seinen Blick auf die Seite und sah auf unsere Krippe. Ich hatte das alte Ding auf den Speicher gestellt. Nun fragte ich mich, wer die Krippe wieder herunter geholt hatte. Doch lange kam ich nicht zum Grübeln. Dann hörte ich die Worte meines Bekannten:„ Sie können wirklich stolz sein. So eine schöne alte Krippe, die über Generationen aufbewahrt und immer wieder am Weihnachtsabend aufgestellt wird, zu besitzen. Ich würde gerne wissen, was diese alte Krippe schon alles erlebt hat. Es wäre sicherlich interessant". Ich hatte das alte Ding bisher mit anderen Augen gesehen, als mein neuer Bekannter es tat. Doch ich verstand den Sinn seiner Worte und fing an mich zu freuen. Beim Essen der Weihnachtsgans beobachtete ich meinen Bekannten noch einmal und erschrak. Mir wurde noch bewusster, wie gleichgültig ich in der Vergangenheit mit all meinen Schätzen umgegangen war. Dieser Mann strahlte so viel Wärme und Zufriedenheit aus wie ich sie lange nicht mehr erlebt habe. Dabei waren es nur Kleinigkeiten, die seine Freude ausgelöst haben.

Etwas später entdeckte ich das alte Glöckchen meines Vaters. Er hatte es neben seinen Teller gestellt und mir wurde bewusst, wie sehr er an diesem Glöckchen und seinen Erinnerungen hing. Zum ersten Mal seit Jahren spürte ich bei diesem Anblick wieder eine große Freude in mir und den Wunsch, von meinem Vater mehr über seine Kindertage und Weihnachten zu erfahren.

Seit diesem Abend weiß ich, wie wertvoll Menschen sind, die gerne in meiner Nähe sein wollen. Ich erinnere mich wieder mit Freude an das alte Glöckchen und erwarte bereits mit Spannung die Minute, wenn mein Vater in diesem Jahr mit seinem Glöckchen für uns läutet. Die alte Krippe habe ich schon vom Speicher heruntergeholt und abgestaubt. Zusammen mit meinem Sohn werde ich das Moos im Wald holen und mich über die glücklichen Augen meiner Familie an den Weihnachtstagen freuen.

Das Lametta meiner Schwiegermutter werde ich auf den Baum hängen und lächelnd über die erneuten Liedeinlagen meines Schwagers Michael hinweggesehen und laut „Stille Nacht, heilige Nacht" mitsingen. Die Hauptsache ist doch, die ganze Familie feiert zusammen, so wie es schon in meinen Kindertagen war.

Manuela Lewentz-Hering

Manuela Lewentz-Hering

Der blaurot gefrorene Säugling

Die Abgeschiedenheit meines Dorfes bedrängte mich nicht mehr. Zur Abwechslung kamen ab und an in gleichen Abständen Fremdlinge ins Dorf. Herumzieher mit Irdenware aus dem nahen Erdbäckerland. Sie hießen Mäckeser oder Heidenleute und wurden wie Zigeuner gefürchtet vom Aberglauben.

Ruchloses Volk! Das noch nicht einmal das Gebot kannte: „Du sollst nicht stehlen!" Die Mäckeser wußten keinen Heimatort, wo sie geboren waren, und hatten kein Dach über sich, sondern die Zeltbahn im Planwagen. Ihr Bleiben war allenthalben über dem rollenden Rad. Weil sie bei der Verteilung der Welt vergessen wurden, waren ihre Hände hurtig wie die Augen im Zugreifen.

Als die Pfarrhausklingel schrillte, geriet Spitz Zottelohr außer sich vor Entrüstung. Ich mußte ihn wiederholt fragen: „Wer hat's den Spitz geheißen?", bis er sich notdürftig beruhigte.

Derweil kam Frauchen kaum zu Worte vor der eindringlich dunklen Bettelstimme einer Mäckeserfrau und vor Kinderweinen. Frauchen war vor Mitleid wie geschmolzene Butter: „Mathias, sieh doch mal!"

Ich stellte meine lange Pfeife hin, wehrte abermals dem Unverstand Zottelohrs, der mit gesträubtem Schopf das windige Häuflein Elend anschnauzte, und besah mir den blaurot gefrorenen Säugling auf dem Arm der abenteuerlichen Fremden.

Ein Mann war machtlos, wenn er nicht als Unmensch dastehen wollte, vor seinem eigenen, von kommender Mutterschaft gezeichneten Weibe. Ich hatte nur „nichts dagegen zu haben", was Frauchen der Mäckeserin Gutes antun mußte, um dem armen Wurm angeblich das Leben zu retten.

Aus meiner Junggesellenzeit besaß ich eine alte Chenille-Tischdecke, die vormals im guten Zimmer meiner Mutter prunkte. Ich hatte aus Unvorsichtigkeit in das seidene Gewebe mit dem Spirituskocher ein Loch gebrannt. Nun mußte ich das Erbstück herschenken. Der Säugling wurde dareingewickelt zum Schutz gegen den grimmigen Frost.

Die Mäckeser waren als Hungerlitter wie die Raben im Kampf um die Lebensnotdurft. Wo sich nicht mehr der Briefbote als unser Verbindungsmann mit der Außenwelt durchwagte, fanden sie mit ihren struppigen Pferdchen noch einen Weg.

Nach etlichen Wochen kamen sie kurz vor Weihnachten nochmals ins Dorf und suchten im Pfarrhaus die Barmherzigkeit heim. Jetzt hingen zwei junge Weiber und die Hauptmännin mit dem Altweiberbart samt fünf Kindern dem Frauchen an, daß es sich nicht mehr zu helfen wußte. Ich kam ihr nach einer angemessenen Weile zu Hilfe. Hampitters Gottlieb hatte mich inzwischen auf seine Weise aufgeklärt. Die Mäckeser seien eine von den sieben ägyptischen Plagen, darum mit dem einen Auge in Geduld hinzunehmen als Gottes Heimsuchung, mit dem andern Auge aber seien sie auf Schritt und Tritt zu überwachen, weil sie „die Hände nicht bei dem Leib halten" konnten als Diebsgesindel.

Diesmal fragte ich nicht: „Wer hat's den Spitz geheißen?" Die beiden Baumlangen, der männliche Teil der Mäckeser, saßen derweil beim Belzejakob und ließen sich's wohl sein. Meine mütterliche „Schenilljedecke" hing einem Mäckesergaul über den dürren Widerrist. Der Mäckesernachwuchs aber wurde frosthart gewöhnt wie die Schlehen. –

Weihnachten rüstete sich, die weiße Heide himmlisch zu besuchen. Die Wettertannen um das Kirchlein trugen Wickelkinder auf dem Arm und schnitten verwunderte Landsknechtgesichter, wer sie dazu angestellt habe. Die verschneiten Grabkreuze waren tief in den Schlaf ihrer Toten abgesunken. Alles lag unter derselben weißen Decke beieinander. Nur das Dörflein lüftete noch einen Zipfel und äugte unter den Dachkappen nach Sonnenaufgang.

Zur selben Stunde brach aus den freigeschaufelten Türen ein frohes Gewimmel, dem die Raben nachschrien: allen, die der Winterfarbe ermangelten, ginge es schlecht. Aber die Wildendorner holten sich ihren Christbaum im Wald und schnitten ihn mit eigner Hand von der Wurzel ab. Die heilige Nacht tastete sich mit Sternenlichtern durch, bis sie aus der Unendlichkeit beim Dörflein ankam. Die Fenster meines burgartigen Kirchleins leuchteten festlich auf. Märchenwelt war niedergestiegen. Vor jedermann stand ein brennendes Licht auf der Bank, und jeder Menschenmund strömte über: „Vom Himmel hoch, da komm ich her."

Unsere Pfarrhaustanne rauschte mitternachts im Mondtraum vor unserm Fenster. Frauchen und ich hatten unser Weihnachtskind im voraus und waren doch ahnender Erwartung voll.

aus: Vom Pfarrer Mathias Hirsekorn und seinen Leuten. 1924
Fritz Philippi (1879-1933)

Die kleine Tanne

Im großen Wald hinter der Stadt standen viele Tannen zusammen in einer kleinen Schonung. Die Tannen standen schon viele Jahre hier. Sie waren hier geboren und aufgewachsen. Viele Jahre hatten sie den Tieren des Waldes Wohnung und Nahrung gegeben und waren gut Freund mit den Tieren. Und sie waren in jedem Jahr ein Stück gewachsen.

Es war Herbst geworden. Die anderen Bäume hatten ihr Laub verloren und streckten ihre kahlen Äste in den trüben Himmel. Die Tannen hingegen trugen wie jedes Jahr ihr schönes grünes Nadelkleid.

Dieses Jahr sollte aber ein besonderes Jahr für die Tannen werden, denn schon in wenigen Wochen sollten sie den Wald verlassen und als Weihnachtsbäume in die Wohnungen der Menschen umziehen. Die Tannen waren schon ganz aufgeregt. Schon seit sie im Sommer erfahren hatten, daß sie Weihnachtsbäume werden sollen, waren sie aufgeregt. Immer wieder malten sie sich aus, wie sie festlich geschmückt und mit vielen Kerzen die Wohnung einer Menschenfamilie schmücken würden. Jede war natürlich davon überzeugt, daß sie die schönste war und den schönsten Schmuck bekommen würde. Besonders die hochgewachsenen Tannen waren auf ihre Größe sehr stolz und nahmen sich sehr wichtig. Lediglich eine sehr kleine Tanne konnte sich nicht so richtig freuen.

Gewiß, sie war kerzengerade gewachsen und ihr Nadelkleid war makellos und von schöner Farbe. Ihre Äste waren gerade gewachsen und dicht benadelt. Das hatten die Männer gesagt die im Sommer hiergewesen waren und sich über die Zukunft der Bäume unterhalten hatten.
Sie hatten aber leider auch gesagt, daß die kleine Tanne zu klein und wohl unverkäuflich ist. Das stimmte die kleine Tanne sehr traurig, sie konnte sich gar nicht recht auf den Winter freuen und nahm auch nicht an den Gesprächen der anderen teil. Was half es da schon, daß ihre Tierfreunde sie zu trösten versuchten und ihr sagten, daß sie sich freuen würden, wenn sie ihnen wieder im Winter Schutz und Obdach gewähren würde.

Endlich war es Winter geworden und mit dem Winter kamen die Männer mit ihren Äxten und Sägen. Die Tannen konnten es kaum noch erwarten. Jede wollte die erste sein.
Schnell wurde eine Tanne nach der anderen gefällt, in ein Netz verpackt und auf die Anhänger geladen. Nun kamen die Männer zu der kleinen Tanne. Die Tanne bebte vor Freunde. Endlich, nun würde auch sie gefällt und ein Weihnachtsbaum werden. Doch nein, einer der Männer hatte schon die Axt gehoben, ein anderer hinderte ihn jedoch daran. "Was willst du denn mit der, die ist doch viel zu klein. Die kauft doch keiner " sagte er. Der Mann ließ die Axt sinken und beide gingen davon.
Die kleine Tanne blieb ganz alleine auf der nun leeren Schonung zurück.

Sie weinte bittere, harzige Tränen. Auch ihre Freunde, die Tiere, konnten sie nicht trösten, so sehr sich auch bemühten. So kam Weihnachten immer näher und die Tanne wurde immer trauriger. Schon war der 24. Dezember gekommen. In wenigen Stunden würde der heilige Abend anbrechen und all ihre Brüder und Schwestern würden in den Häusern der Menschen als Weihnachtsbäume in ihrem Glanz erstrahlen. Nur die traurige kleine Tanne nicht. Sie stand einsam zwischen den Stümpfen ihrer Brüder und Schwestern und ließ traurig ihre schönen Zweige hängen. Die Traurigkeit der kleinen Tanne rührte Petrus, der sie schon seit einiger Zeit beobachtete. Er wollte das traurige Bäumchen aufmuntern und ihm ein unvergeßliches Weihnachtsfest schenken. Schnell rief er ein paar dicke, schneegefüllte Wolken herbei.

Diese schickten dicke, weiche Flocken zur Erde. Der Wind machte extra eine Pause um die Schneeflocken nicht zu stören, so daß sie den ganzen Wald und besonders das kleine Bäumchen mit einem dichten weichen Flockenkleid bedeckten. Dann zogen die Wolken weiter und machten dem Mond und den Sternen Platz. Der Mond ließ sein silbernes Licht ganz besonders hell erstrahlen, und auch die Sterne leuchteten und funkelten um die Wette.
Als aus der Ferne die Glocken zu hören waren, die die heilige Nacht einläuteten, stand die kleine Tanne in ihrem Schmuck aus Schneeflocken und Mondlicht strahlend auf ihrer kleinen Lichtung.

Ihre Traurigkeit war wie weggeblasen. Sie war überglücklich, was ihrem Glanz noch einen besonderen Schimmer verlieh.

Alle Tiere des Waldes eilten herbei und feierten Weihnachten mit dem schönsten Weihnachtsbaum der Welt, der traurigen kleinen Tanne, die nun gar nicht mehr traurig war.

Im Gegenteil. Die kleine Tanne war in dieser heiligen Nacht der glücklichste Weihnachtsbaum auf der ganzen Welt.

Und die Tiere waren froh, daß die kleine Tanne bei ihnen geblieben war und ihnen weiterhin Heim und Nahrung und vor allen ihre Freundschaft geben würde. Am meisten freuten sie sich jedoch, daß der Traum der kleinen Tanne in Erfüllung gegangen war und daß sie zu Weihnachten als schön geschmückter Weihnachtsbaum die Waldweihnacht mit all ihren Freunden feiern konnte.

Margit Günster

Weihnachtsbäumchen für Oma Malik

Der kleine Daniel sah nachdenklich zu dem alten Fachwerkhäuschen hinüber, in dem Oma Malik lebte. Im Sommer hatte er immer dort auf der Wiese gespielt, war in den Kastanienbaum geklettert und kaufte hin und wieder ein für die alte Frau. Jetzt aber, einen Tag vor dem Weihnachtsfest, lag das Haus still und verlassen hier am Ende des Dorfes irgendwo im Westerwald, und nur der Rauch aus dem Schornstein verriet, dass dort jemand wohnte.

Plötzlich hatte Daniel eine Idee. Ein Christbaum musste her, ein schönes Tannenbäumchen für die freundliche Oma Malik. Der siebenjährige Lausbub eilte in den Schuppen, zog die Gummistiefel an, suchte in Papis Werkzeugkiste die Handsäge, versteckte sie unter seinem Anorak und lief bald schon auf den nahen Wald zu.

Dort kannte der Junge sich aus, denn er war oft mit den Eltern hier gewesen. Die Nadelbäume standen dicht an dicht und schirmten mit ihren mächtigen Zweigen fast den Himmel ab. Große Tannen gab es mehr als genug, aber kein kleines Bäumchen, das in Oma Maliks Stube passte. So musste Daniel tiefer in den Wald hinein gehen. Weiter vorn sah er eine Schonung. Gewiss würde er dort die passende Tanne finden. Doch o weh, ein Zaun verwehrte den Zutritt und schützte so die jungen Bäumchen vor dem Wildverbiss. Daniel rannte am Zaun entlang, denn irgendwo musste doch ein Durchkommen sein.

Da begann es zu schneien, dicke Flocken segelten wie Daunenfedern zur Erde. Zuerst freute sich der Junge darüber, doch als der Schneefall stärker wurde, schaute er besorgt zurück. Sollte er umkehren? Daniel zögerte. Nein, nicht ohne eine Tanne für Oma Malik.

So stiefelte er weiter und entdeckte gleich neben dem Pfad ein Bäumchen, das ganz nach seinen Vorstellungen gewachsen war. Er holte die Säge hervor und kniete sich in den Schnee, der nun schon den Boden bedeckte. Kurz darauf packte der Junge die gefällte Tanne am unteren Ast und überlegte, in welcher Richtung er die Schonung umrunden sollte. Er entschied sich für den Weg nach vorn, weil ihm dieser Pfad näher zu sein schien. Doch der Weg endete an einem See. So musste Daniel die ganze Strecke zurück und verpasste in der Eile die Abzweigung, die geradewegs ins Dorf führte.

Das Schneetreiben wurde heftiger, allmählich senkte sich die Dunkelheit über das Land. Hilflos schaute der Kleine sich um. Alles war so fremd hier. Er versuche quer durch den Wald zu laufen, doch immer wieder versperrte dichtes Unterholz seinen Weg. Entmutigt gab er schließlich auf. Die Füße brannten und die frostklammen Finger konnten das Tannenbäumchen kaum mehr halten. Daniel setzte sich auf einen umgestürzten Baumstamm und kämpfte mit den Tränen. Ein Käuzchen rief. Das schaurige Huuu hallte gespenstisch durch die Finsternis. Es knackte im Gebüsch, und ein paar Rehe stürmten in wilder Flucht davon. Der Junge lauschte. War da nicht ein fernes Rufen gewesen, irgendwo drüben im Forst? Geisterte da nicht ein Licht zwischen den Bäumen umher? Da, wieder hörte er die Stimme, deutlicher nun: „Daniel, Daniel!" Der Kleine sprang auf, stolperte vorwärts und rief: „Hier bin ich, hier...!" Wenig später schmiegte sich der Junge erleichtert in Papis Arm.

„Warum bist du denn weggelaufen, Daniel? Wir haben uns große Sorgen um dich gemacht. Was hast du dir nur dabei gedacht?"
Da zeigte der Kleine stolz auf das Bäumchen, das er immer noch fest umklammert hielt und antwortete: „Oma Malik soll doch auch richtig Weihnachten feiern können." Papa schüttelte den Kopf. Dann machten sich beide auf den Heimweg.

Nach der Bescherung stieg der Junge die Treppe zum Kinderzimmer hoch und legte sich ins Bett. Im Traum suchte er einen Helfer, der das Bäumchen für Oma Malik aufstellen und schmücken sollte. Irgendwann in der Nacht weckte ihn ein Geräusch. Fuhr da etwa das Christkind mit seinem Rentierschlitten vorbei? Daniel machte das Licht an, schlich ans Fenster und schob den Vorhang ein wenig zur Seite. Die dunklen Wolken waren abgezogen und hoch oben am Himmel leuchtete der Vollmond. Sein milder Schein tauchte die schneebedeckten Dächer des kleinen Dorfes in ein zauberhaftes Licht. Daniel wendete den Blick - und rieb sich verwundert die Augen. Von hier aus konnte er doch geradewegs in Oma Maliks gute Stube sehen und entdeckte dort ein festlich geschmücktes Tannenbäumchen, an dem zahlreiche Kerzen brannten. Sein sehnlichster Wunsch war also in Erfüllung gegangen.

Hatte das Christkind etwa das Bäumchen aufgestellt, oder war es Papis Werk gewesen? Egal! Einer von den Beiden hatte wohl Oma Malik besucht, gewiss auch von seinem Abenteuer im Wald erzählt und ihr weihnachtliche Freude beschert. Als Daniel genauer hinschaute, sah er am Fenster Oma Malik stehen. Sie hob die Hand und winkte dankbar zu ihm herüber. Und Daniel freute sich sehr.

Willi Corsten

Weihnachtsfreude ganz umsonst

Vor dreiunddreißig Jahren feierten wir unser letztes Weihnachtsfest in der Großstadt. Es verlief prächtig nach treudeutschem Ritual mit grünem Baum, Lametta, das damals noch nicht verpönt war, Kerzen, Christstollen, Marzipan, Kirchgang, o Jesulein süß etc., und das Ende vom Lied war Anfang Januar die Frage, wie man den nadelnden Tannenbaum aus der dritten Etage so nach unten schaffen konnte, daß Wohnung und Hausflur hinterher nicht eine Grundreinigung benötigten. Kurz entschlossen öffneten wir das Fenster und warfen den Überfälligen im Schutze der Dämmerung von oben herab auf die Straße, wo ihm, als er auf dem Trottoir aufschlug, vor Schreck sämtliche Nadeln abfielen und nichts als ein trauriges Skelett zurückblieb.

In jenen wilden 70er Jahren erklärten wir diesen Befreiungsakt einfach zum privaten Happening, doch schon bald sahen wir ein, daß auf diese Weise das heuchlerische, fromm verklärte Konsumsystem nicht zu verändern war. Nicht die Entsorgungsfrage war vorrangig, wir mußten zurück zu den Anfängen, den Ursprüngen. So zogen wir in den Westerwald, wo wir Weihnachten nicht von seinem Ende, seinem Garaus her bedachten, sondern von seinem Beginn, also der Baumbeschaffung, denn, das hatten wir erfahren, beinahe ungläubig, die wir ja Theorien anhingen vom sozialen Nulltarif all inclusive, daß jede Familie im Dorf sich ihren Weihnachtsbaum selbst im Wald schlagen könne, gratis, der Baum als freies Gut, wie die Luft, wie Regen und Schnee. Die Natur, einmal von jedem marktwirtschaftlichen Gewinnstreben befreit, lud schon hier zum Freudenfest ein.

Vater, Mutter, Söhnlein, Töchterchen machten sich fortan ein, zwei Wochen vor Heiligabend auf den Weg, frohlockten, wenn es schon geschneit hatte und der Schlitten seinen Winterdienst aufnehmen mußte, auf dem Hinweg die Kinder beförderte, auf dem Rückweg die flachgelegte Fichte. Als Kleinfamilie unterwegs zu sein in der Stille des Waldes, sich Wind und Wetter auszusetzen und von Zeit zu Zeit seltsame Silben in den Forst zu rufen, wie Eia susani! oder Hui Wäller!, während die Bäumchen sich sanft verneigten und schüchtern auf sich aufmerksam machten – ja, das war schon das schöne Paradeis, das nichts weiß von Mehrwert und Erlös, wohl aber von Erlösung. Und unsere christlichen Kinder suchten sich nach langem Zögern und

Beratschlagen ihren Tannenbaum heraus, fragten sich aber naturgemäß niemals, ob der nun ein zu Glanz und Gloria Auserkorener war – oder, mit heiliger Pracht umgarnt, letztlich doch nur ein armes Opfer, brutal in jungen Jahren dahingerafft, bald vertrocknet, geschreddert, verbrannt.

Der Vater jedenfalls machte sich fröhlich stöhnend an den Einschnitt in das Sozialsystem der serbischen Fichtenschonung, die, sagte er sich, ausgedünnt für die Verbliebenen die Wachstumschancen ja erhöhte! Ritsch-ratsch sang dazu schräg die Säge.

Und wie schimpften wir alle über die Frevler, deren tumben, fetten Trittspuren im Dickicht wir gefolgt waren, die einen Baum abgeschnitten und gleich wieder fortgeworfen hatten, weil sein Wuchs beim näheren Hinsehen vielleicht nicht makellos erschien. Grimmig sahen wir den hellen Stumpf des sinnlos Amputierten. Welch kurzes Erdendasein, ganz umsonst!

Die intakte Familie aber kehrte wieder um, pries und lobte das alle Jahre wieder so großzügige Christkind, seine irdischen Stellvertreter und ihre volksnahe Weisheit und suchten für den im Triumph heimgeführten Baum einen ersten, geschützten Ehrenplatz hinterm Haus, wo er von der bevorstehenden wunderbaren Ausschmückung schon träumen durfte.

Das alles ist jetzt lange her, die Kinder sind fortgezogen, zurück in die großen Städte, und auch die ländliche Weisheit hat sich verflüchtigt, denn die Dorfoberen haben das alte Familienvorrecht auf einen kostenlosen Weihnachtsbaum abgeschafft, aus guten Gründen natürlich. Daß uns wie vielen anderen gleichzeitig das sogenannte Weihnachtsgeld gestrichen wurde, war da nur konsequent und paradox zugleich; denn hatte die alte Landessitte des Gratisbaums nicht längst deutlich gemacht, daß, um zu echter Festfreude beizutragen, die Weihnacht und das Geld besser keine große Koalition eingingen?

Heiner Feldhoff

Nach der Weihnachtsfeier

Bald hatte niemand mehr einen Überblick über die Weihnachtsfeier. Sie tranken und tanzten und tanzten und qualmten zur Feier der Kistenfabrik und der Geburt des Herrn im Stall. Bis vier Uhr früh ging es, in Dornweiler hatte noch nie eine Feier vor vier Uhr geendet. Veronika taumelte feuerrot durch das nächtliche Weiß und ließ sich trunken und glücklich heimwärts ziehen. Burkhard stolperte in den Schnee und erbrach. Die Kerle mußten ihn heimbringen, dorthin wo er lebte bei seiner alten Mutter, die sich nicht freute, wenn er kam. Alle torkelten auf ihre Weise heim, und unter der stillen weißen Nacht wurde dem einen oder anderen noch erhaben und fast heilig oder sonstwie sentimental zumute.

Ein Jahr lang hatten die Maschinen getobt und geackert, jetzt aber war Friede auf Erden. Stille sollte das Dorf überziehen, von dessen Mauern sonst nur Flüche, Gestampfe und Motorengeheul widerhallte. Der Kistenfranz sagte: jetzt ist es gut. Das war der letzte Tag. Wenn es wieder Morgen wurde, gab es in Dornweiler nichts zu hören. Nun fingen die Festtage an, nun wurde nichts mehr getan in diesem Jahr, das Jahr war vollbracht, genug genagelt und gekloppt.

Gott sei Lob und Dank, sagte der Franz sich im Stillen.

Annegret Held
"Die Baumfresserin"
Mit freundlicher Genehmigung des Rowohlt Verlag

Copyright © 1999 by Rowohlt Verlag GmbH,
Reinbek bei Hamburg

Gruß an Bord

Weggezogen, fort vom Meer in das Mittelgebirge. Die waldigen Berge kamen mir unendlich hoch vor, als ich sie zum ersten Mal sah. Alles war anders. Plötzlich war ich keine richtige Norddeutsche mehr. Ein bisschen schon, im Herzen natürlich immer noch. Wenn auch der Westerwald Spuren hinterlässt, auch im Zentrum meines Denkens. Weihnachten wird das immer noch deutlich. Obwohl ich den Schnee auf den fichtigen Hügeln so mag und mir keinen anderen Himmel als den über meinem Dorf in der heiligen Nacht wünsche, habe ich manchmal Sehnsucht. Nach dem Weihnachten meiner Kinderzeit, als das Andenken an das flache Land am Meer noch frisch war und die Berge des Westerwaldes noch viel höher als heute:

Gruß an Bord

Anfangs fließt die Erinnerung noch ins Dunkel der Zeit.

Darum waren es wohl die Helle und das Strahlen, welche mir im Sinn blieben. Später kam das Knistern und Rascheln hinzu, der Geruch von Zweigen, Orangen, Räucherwerk, der ofenmüden Gans.

Der Zauber hielt inne, wenn mein Vater das Radio anschaltete, den Sender unter Rauschen suchte.

Ich habe die Stimme noch im Ohr: „Hier ist Radio Norddeich mit der Sendung „Gruß an Bord".

Gänsehaut auf den Armen meiner Mutter. Das Meer so weit. Ein Fetzen Heimat am heiligen Abend im Zimmer.

Eine Schiffssirene leitete die Ansage ein, im Hintergrund leise das weihnachtliche Läuten des Michels. Die warme, von friesischem Akzent gefärbte Stimme des Sprechers veränderte sich im Laufe der Jahre nicht. Er las Briefe vor. Briefe von Frauen, die ihren Männern frohe Weihnachten wünschten, Briefe von Seemannskindern, deren Väter zum Fest auf hoher See waren. Briefe von Müttern, die ihre Söhne grüßten. Gespickt mit Liedern zur Weihnacht, kurzen Texten von Rudolf Kinau und Gorch Fock.

Und diese Briefe gingen hinaus, von der Funkstation in Norddeich über die Meere. Über Nord – und Ostsee, am Kap Horn und dem Kap der guten Hoffnung vorbei. Flogen in Atlantik und Pazifik.

Dann kamen die Funksprüche. Die Verbindungen knackten und knarrten. Dahinter hörte man Stimmen, Matrosen und Kapitäne, Maate und Steuermänner, alle wollten es loswerden. Ein frohes Weihnachten an die Lieben zu Hause. Von den Frachtern, den Trawlern und den

Tankern, von den Fischfängern im Eismeer, von Passagier – und Forschungsschiffen. Von den Schiffen der Marine und den Seenotrettungskreuzern. Warum die graue Traurigkeit gewellt in das Flackern der Kerzen schwappte habe ich erst viel später verstanden. Später, als alle Drähte gekappt waren.

Auch das von Radio Norddeich.

Gesa Frerichs-Matrisch,

Die Autoren

Willi Corsten
Weihnachtsbäumchen für Oma Malik
Willi Corsten ist 1939 geboren und lebt im Spessart. Seine Kurzgeschichten, Gedichte, Satiren und Märchen wurden in Rundfunk und Fernsehen, in Hörbüchern und in rund 50 Anthologien veröffentlicht, u.a. im Rowohlt Verlag.

Paul Deussen (1845-1919), **Oberdreis**
Festtagsstimmung in Oberdreis
Paul Deussen ist gebürtig aus Oberdreis.
Deutscher Philosophiehistoriker und Indologe,
Gründer der Schopenhauergesellschaft.

Heiner Feldhoff (geb. 1945), **Lautzert**
Weihnachtsfreude ganz umsonst
Ehemals Lehrer in Altenkirchen, zahlreiche Veröffentlichungen.
Mehrere Gedichtbände, eine Übersetzung, zwei Biographien, Beiträge in Zeitschriften, Rundfunk und Anthologien
1985 Förderpreis des Landes RLP
1996 Joseph-Breitbach-Preis
2002 Sonderpreis beim "Buch des Jahres" für "Kafkas Hund"
Veröffentlichungen (Auszug):
Kafkas Hund oder Die Verwirrte im Sonntagsstaat

Gesa Frerichs-Matrisch, (geb. 1965), **Harbach**
Gruß an Bord

Ruth Frink, Montabaur
Advent und Weihnachten früher und heute.

Margit Günster, Boden/WW.
An den Nikolaus
Die kleine Tanne

Annegret Held (geb. 1962)
Nach der Weihnachtsfeier
aus "Die Baumfresserin"
Copyright © 1999 by Rowohlt Verlag GmbH, Reinbek bei Hamburg
Wir Danken für die Abdruckgenehmigung.

Julia Hilgeroth-Buchner, Birnbach
Eine Weihnachtsgeschichte

Gisela Huhn, Güllesheim
Die Jeschicht von der Heilichen Näächt

Ingrid Kahn, Fürthen
Meine Puppe Lieselotte

Karl Kessler
Weihnachtsbrauchtum im Hohen Westerwald
Bekannter Heimat- und Geschichtsforscher des Westerwaldes.
Ehemals langjähriger Leiter des Landschaftsmuseums Westerwald.
Als Pensionär im Unruhestand für den Westerwald tätig.

Heinz Krämer
Weihnachten

Pfarrerin Barbara Kulpe, Almersbach
„Weihnachten im Laufe der Zeit"

Manuela Lewentz-Hering, Hachenburg
Weihnachtsglöckchen, Stress und Stille Nacht, heilige Nacht

Walter Ochsenbrücher, Heupelzen
Chrestdaachsjedanken
De Ejsebahn
Dat Leffkochenherz
Heimat- und Mundartdichter, weit über die Grenzen des
Westerwalds hinaus bekannt.

Fritz Philippi (1879-1933)
Der blaurot gefrorene Säugling
Ev. Geistlicher, Schriftsteller und Dichter,
Philippi machte sich einen Namen durch seine schriftstellerischen Arbeiten,
die wesentlich mit dem bäuerlichen Leben im Westerwald und der ihm
innewohnenden sozialen Problematik befaßt sind.

Fritz Pullig ✞, Frankfurt
Aalekerjer Chreßdaag vür üwwer draißig Johr

Marion Schäfer, Hilgenroth
Wo der Nikolaus wirklich wohnt

Ursula Schäfer, Eichen
Gedanken zum Weihnachtsfest
Chresdaachszett - wie sö fröher woor
Ein Kätzchen in der Kirche

Friedel Schweitzer, (1927-1985), Westerburg
Winterbild
Er sei kein Dichter, sagt Friedel Schweitzer (1927-1985) aus Westerburg bescheiden, auch wenn er schreibe, reime und mit Wörtern spiele. In seinem Gedichtband "Gestern, Heute, Morgen" (1986) heißt es im Westerwaldlied eines Dichters: "Ich will vom Wäller singen / Und laufe hin und her. / Mein Lied wird nicht erklingen. / Ich finde keine mehr."

Erwin Sohnius, Neitersen
Erinnerung aus Kindertagen
Der ungeschriebene Brief
Rüstiger Rentner, gelernter Maschinenschlosser und schreibt aus seinem Leben. Wohnt seit seiner Geburt im schönen Westerwald. Klaus-Peter Wolf (Schriftsteller) hat Ihn in einer Schreibwerkstatt inspiriert selbst als Autor und Poet zu arbeiten.

Dieter Sommerfeld, Wölmersen
Alte und neue Bräuche zur Weihnachtszeit an Mehrbach und Wied
(Bereits veröffentlicht im Buch „Unsere Heimat an Mehrbach und Wied in der Weihnachtszeit, 1998).
Leiter des Kreisarchivs Altenkirchen.

Fritz Theilen, Altenkirchen
Daadener Tellertragen

Elfriede Thiell, Orfgen
Weihnachten um 1930

Klaus-Peter Wolf, (1954), Norden
Herr Niko und Herr Laus
Er lebt als freier Schriftsteller und Drehbuchautor in Norden (Ostfriesland).
Seine Fernsehfilme wurden oft zu Einschaltquotenhits. Für sein Drehbuch
zum Fernsehfilm „Svens Geheimnis" erhielt er 1996 den *Rocky Award for best
made TV-movies* (Kanada) und den *Erich-Kästner-Preis* (Berlin-Babelsberg), sowie
1998 den *Magnolia Award Shanghai* für das beste internationale Drehbuch.
Klaus-Peter Wolf gilt als leidenschaftlicher Geschichtenerzähler. Seine Bücher
wurden in 22 Sprachen übersetzt und über 8 Millionen mal verkauft.
www.klauspeterwolf.de

Unser Dank

Ebrahim Berdjas

Ebrahim Berdjas hat für das Buch „Wäller Weihnacht" das Titelbild gestaltet.
Berdjas machte sich 1983 als freischaffender Künstler im Westerwald
selbständig, nachdem er Grafik und Kunst studierte und einige Jahre als
Grafiker in einem Verlag arbeitete. Vorwiegend malt er in seinem Atelier in
Forstmehren, präsentiert seine Arbeiten in Ausstellungen, gibt Malkurse und
nimmt auch gerne Auftragsarbeiten an.
http://www.atelier-berdjas.de

Carsten Liersch
Bauwerk Kommunikationsdesign, Altenkirchen

Carsten Liersch hat auf Grundlage der Umschlagvorlage von Ebrahim Berdjas
die Gestaltung des Umschlages entwickelt
und viele gute Tips zur Herstellung beigesteuert.
Er ist Inhaber einer Kommunikationsagentur.
http://www.bauwerk-design.de

Dieter Sommerfeld

Dieter Sommerfeld hat viele Literaturquellen
zur Verfügung gestellt und bei der Auswahl der Texte geholfen.

Westerwald Brauerei

Heiner Schneider, Geschäftsführer und Gesellschaft der
Westerwald-Brauerei hat die Abdruckrechte
für das Gedicht „Winterlied" von Friedel Schweitzer
aus dem Gedichtsband Gestern - Heute – Morgen erteilt.

*Der Dank der Herausgeber gehört den vielen Autoren, die durch Ihr Engagement
und die Bereitstellung Ihrer Anthologien maßgeblich an der Herausgabe dieses
Buches beteiligt waren.
Der Erlös kommt den Kindern und Betreuern des Kinderhof Hasselbach e.V.
zweckgebunden zugute.*